DE NAD

Jef Aerts

De nadagen

ROMAN

2003
DE BEZIGE BIJ
AMSTERDAM

Omslagontwerp Volken Beck
Omslagfoto Hans van der Meer / De Verbeelding
Auteursfoto Roeland Fossen
Zetwerk Peter Verwey Grafische Produkties, Zwanenburg
Druk Groenevelt, Landgraaf
ISBN 90 234 1186 2
NUR 301

Inhoud

Myasis 7

Orions pietje 33

Het nut van de liefde 65

Erwartung 99

Spagaat 141

Myasis

EERST ZIE IK haar handen. Graaiende kinderhanden die vegen maken in de witte najaarshemel. Als hongerige vogeltjes pikken ze pluisjes en zaden uit de lucht, met een gretigheid die schril afsteekt tegen de rust van het landschap. Ik zit tegen de stalmuur aan en probeer me te concentreren op dit onverwacht tafereel. Ik moet zijn ingedommeld nadat ik met mijn rug naar restjes warmte in de zandsteen had gezocht. Het geschuifel van haar voeten heeft me gewekt. Of het speelse gekir dat opborrelt uit haar mondje, iedere keer als ze beet heeft en haar vangst opbergt in haar tas. Het is een meisje, net geen kleuter meer, een jaar of zes. Af en toe kroont een dor blad haar vlechten, waarop ze snel vooroverbuigt en haar hoofdje heen en weer schudt. Ik probeer me te herinneren hoelang het geleden is dat ik een kind heb gezien; zeker zo'n jong kind zo dicht bij me. In de omtrek woont hooguit een handvol boeren op leeftijd. Dit is geen plek voor jonge ouders.

Tegen de houten paal achter de waterpomp heeft ze haar fietsje gezet. Tussen de spaken zitten linten geweven en op het frame pronken glitterstickers met gezichten van tekenfilmdieren en een girlsband. Nu vlindert ze rond over het aardewegje voor de verbouwde stal waar ik woon, met opgeheven armen en de mond half open door de inspanning. Een frisse wind waait door haar kleren en zij springt en grabbelt en gilt verschrikt wanneer er een wolk natte bladeren tegen haar wang wordt geplakt. Als een helikopter cirkelt een esdoornzaadje rond het kinderlijf, dat kraait van plezier en opgejut zelf aan het draaien gaat, tot ze zat en uitgetold tegen de grond kwakt. Een halve tel later landt de helikopter netjes tussen haar opgekrulde lippen.

Even blijft ze liggen, één wang tegen de aarde, de andere blinkend van opwinding. Dan kronkelt ze op haar rug. Een pijnscheut doet haar gezicht verstrakken als ze een been hoog optrekt. Voorzichtig rolt ze een broekspijp op tot net boven de knie. Een schaafwonde ter grote van een muntstuk vormt een vermiljoene stip op de kinderhuid. Nu gaat ze huilen. Zo onopvallend mogelijk maak ik mijn schoenveters los om ze onmiddellijk weer vast te knopen. Ik ben er niet. Bij mij valt geen troost te rapen.

Het blijft stil. Nog wat verdwaasd door de val kijkt ze om zich heen. Als ergens in de sleedoornstruiken die de weg omzomen een winterkoninkje klinkt, ontspringt er een lachje aan haar lippen. Steunend op de ellebogen, laat ze haar vingertoppen over de talloze afdrukken van schapenpoten glijden die het wegje bedekken. Twee vingers per kuiltje, één per hoef. Zo trippelen haar handen van de ene afdruk naar de andere.

Straks zullen ze komen. Wanneer de zon wegzakt voor de nacht, stroomt de kudde hierheen. Overdag kleven de schapen als zwarte vlokjes tegen het golvende landschap.

Van op dit stoeltje hou ik ze in de gaten. Soms sta ik op en loop een eindje mee tussen de grazende dieren.

Een natte lik. Een poot die opdringerig in mijn zij begint te porren. Ik duw Gino, de schaapshond, weg. Daarop keert hij zich een halve slag en begint nijdig te blaffen. De schapen in de verte houden op met vreten. Hun koppen staren als bevroren deze kant uit. Ook het kind is geschrokken. De hoge staart van Gino zakt naar omlaag en gaat over in een voorzichtig gekwispel. Ik sta op en roep hem bij me, voordat zijn argwaan helemaal is verdwenen en hij als een gek tegen het kind zal beginnen op te springen. Het meisje zet een stap naar voren. Ik grijp diep in de hondenvacht. Plichtsbewust forceer ik een glimlach en steek mijn hand op bij wijze van begroeting. Het kind kijkt dwars door me heen naar Gino, die op zijn billen dichterbij probeert te sluipen. Het is net een pop, met dat gave vel, die vetwangen en die dikke blonde haren.

'Hij doet niets,' zeg ik.

Ze gaapt me aan met een holle blik.

'Hoe heet jij? Mij noemen ze Alas.'

Ik hoor hoe mijn stem bijna automatisch van toonhoogte verandert en zich in het irritante melodietje laat schuiven waarmee volwassenen tegen kinderen praten.

'Waar is je mama? Ben je verdwaald?'

Ik geef een aai over haar hoofd en laat mijn hand dan op haar schouder rusten. Het lukt me redelijk om vriendelijk te kijken.

'Gaat het?' vraag ik. Dan zak ik wat door de knieën, zodat mijn gezicht precies voor het hare valt.

'Do you understand me? Tu ne me comprends pas?'

Niets. Alleen het vochtige gehijg van de hond en een eind weg de korte snokjes waarmee de schapen de grashalmen laag tegen de grond afscheuren.

En dan opeens slaat ze een gil, trekt zich los van onder mijn handen en rent zo hard haar beentjes kunnen naar het fietsje aan de waterpomp. Onmiddellijk gaat Gino erachteraan, vliegt hoog tegen haar op terwijl zijn achterste uitgelaten heen en weer zwiept. Als hij met zijn neus haar gezicht raakt, barst ze alsnog in tranen uit. Ik maak me groot, buig mijn stem zo laag mogelijk en roep hem bij me. Wanneer het dier zich aarzelend wegdraait van het meisje, springt ze op haar fiets en begint zo hard ze kan te trappen. Haar vlechten zwaaien wild in het rond als ze het wegje afraast.

Ik heb iets fout gedaan, gonst het in mijn hoofd als het meisje klein en ver achter de westelijke helling is gepeddeld – een gedachte die meteen wordt weggewalst door het geratel van honderden schapenhoeven die zich spoeden naar een schuilplaats voor de nacht.

VOOR ME OP tafel vormt een wijnfles stil, maar aangenaam gezelschap. Ik heb me er al vaker op betrapt dat ik hier luidop tegen een voorwerp begin te praten, een homp brood of een van mijn schaarse boeken, waarbij ik de conversatie levendig hou door eerst zelf wat te mompelen en dan bij wijze van antwoord een stukje van het voorwerp steel – een korstje, een mooie zin of in dit geval een nipje wijn.

Hoe meer ik me op mijn verleden concentreer, hoe minder ik het kan vatten. Nachtenlang heb ik hier zo gezeten, terwijl ik probeer te reconstrueren wat me er precies toe bracht om op een dag mijn allernoodzakelijkste spullen en wat kleren in een tas te frommelen en zonder iemand te verwittigen op de trein te stappen. Een enkele reis, zo ver mijn beperkte budget me zou brengen. Mijn geheugen meandert tussen wat waar is en wat waar had kunnen zijn en in die kronkelingen probeer ik keer op keer helder te kijken. Kan het, dat je zo snel vergeet?

Ook van Laos kan ik me lang niet alles herinneren. Na twee jaar ben ik niet eens meer in staat om ten volle te denken aan iemand die me eens zo kostbaar was. Al span ik me nog zo in om haar voor me te zien, toch blijft haar beeld vertroebeld. Ik scharrel iedere dag wat brokstukken uit ons verleden bij elkaar, maar de overkoepelende vorm krijg ik niet meer te pakken. Een kist vol onsamenhangende deeltjes, dat is alles wat me van haar rest – een hoop wisselstukken waarvan het frame waarop ze moeten worden vastgeschroefd, is zoekgeraakt.

Laos danste nog toen ik haar leerde kennen. Ze zat in de opleiding hedendaagse dans aan het stedelijk conservatorium, waar ik naast mijn studies aan de universiteit wat bijverdiende als hulpje in het decoratelier. Ik hield van dat werk, niet alleen van de uren schaven, vijzen en schilderen in de naar lak en zweet ruikende kelders, maar bovenal van het wachten en kijken dat erop volgde. Terwijl de andere decorbouwers zich na de werkdag naar huis haastten, trok ik me terug tussen de technische apparatuur aan de zijkant van de dansvloer. Langzaam raakte ik verslaafd aan deze avondlijke repetities, de aanwezigheid van al die dansende lijven. Sommigen zouden me een perverse voyeur noemen, maar dat was ik niet. Ik genoot oprecht van deze vertoningen. Een voetje dat hoog boven de schouders werd geworpen, een knie die tegen de billen werd gedrukt, het walsen van heupen, het golven van buiken en de klotsende borsten als vruchten erboven – avond na avond liet ik me hierdoor behagen.

Hoewel Laos niet de meest begaafde studente uit haar groep was, groeide er van mijn kant algauw een bijzondere interesse. Ik begreep zelf niet goed wat haar zo deed opvallen tussen haar jaargenoten. Ze droeg dezelfde zwarte maillot als alle anderen, en bond haar koperen haar in een staart of knotje, net zoals dat door de docente werd verwacht. Toch slaagde ze er altijd in om mijn aandacht te trekken.

Het had iets met traagheid te maken, besefte ik na enkele weken observatie. Laos kwam altijd een fractie te laat. Nooit genoeg om haar bewegingen verkeerd te noemen, maar wel net een tikje anders getimed dan die van de rest van de groep. Later zou ze me toevertrouwen dat het haar aan ritmegevoel ontbrak. Ik vroeg haar hoe ze dan door de selectieproeven in het conservatorium was geraakt. Zij verklapte haar trucje: ze had haar pogingen om het juiste ritme van een muziekstuk te volgen laten varen, en danste op de melodie, wat in hedendaags werk een bijzondere spanning gaf die de docenten blijkbaar erg boeide. Showdans en musical, waarbij een precieze timing essentieel was, waren dan weer niet erg aan haar besteed, net als de klassieke ballettraining. Het kippenvel stond me op de rug als Laos, meestal zonder het zelf te beseffen, een hele choreografie ontregelde door net te laat voorover te buigen, de armen te strekken of met haar hoofd te zwaaien. Een minuscuul flintertje tijd was het tussen de beweging van de groep en die van Laos – en toch was het genoeg om mij de keel dicht te nijpen.

JARENLANG KUN JE piekeren en twijfelen over het hoe en waarom van het leven dat je leidt en dan plots, totaal onverwachts en van een ongekende directheid, is het daar: dat ene inzicht waarnaar je zo lang vruchteloos hebt gezocht en in één tel alles door elkaar slaat. Mij overviel het achter het stuur van mijn vaders auto. Het was vooravond en ik reed oostwaarts uit de stad naar het dorp waar mijn ouders woonden. Ik herinner me hoe de laaghangende zon door de achterruit brandde en de uitkijkspiegels deed opflakkeren in een glanzend goudoranje. De hele binnenkant van de wagen leek te stralen en even bevond ik me in een enorme lamp, die terwijl ze over het asfalt rolde als een staartster een spoor van licht achterliet. Het was midden augustus. Toen ik mijn raampje opendraaide, voelde ik de avondkoelte langs mijn wangen blazen en zich vermengen met de kleffe stadslucht die in de bekleding hing.

Wie ooit de provincieweg volgde die de plek waar ik opgroeide met de stad verbindt, weet dat het er uitermate moeilijk is om je er op het rijden te concentreren. Algauw nadat ik werd ingesloten tussen woudranden en velden, zwermden mijn gedachten uit en liet ik het besturen van de wagen over aan mijn handen en voeten, die deze route zo vaak hadden afgelegd. De weg was verlaten en ik verloor mezelf in het lieflijke landschap met vierkanten van gras en granen. Wat ik precies dacht weet ik niet meer. Misschien dacht ik wel helemaal niets en was het net die beleving, gewoon aanwezig zijn, zonder wat dan ook te verlangen of te verwensen, die me in hogere regionen katapulteerde. Was ik toen niet zo in mijn roes verzonken, dan zou ik de chaos die erop volgde als louter toeval hebben beschouwd. Nu twijfel ik. Waarom moest dit ongeval net toen gebeuren en niet tijdens een van die talloze ritten langs dezelfde weg, waarbij ik zat te piekeren over de ellendigheden van alledag? Voor even was ik losgerukt van het liefdesgeklooi dat me zo bedrukte, toen het gebeurde.

Een flits was het, een knal die voorgoed is blijven duren en alles op zijn kop heeft gebulldozerd. Het begon met een hels gekras, gevolgd door een korte veeg over mijn gezicht, een doffe bons en een gedwarrel van veren. Ik plofte zo hard ik kon mijn voet op de rem, waarop de auto slingerend verder schoof en in een drainagegoot tot stilstand kwam. Opnieuw volgde een knal, ditmaal van de airbag die uit het stuur explodeerde en mijn hals achterover smakte. Met tuitende oren probeerde ik mijn hoofd zo los te wrikken dat ik het passagierszitje naast me kon zien. Het was een slagveld. Tussen gitzwart dons, gebroken pennen en bloedspatten lag het natrekkende lijf van een mannetjesmerel. Door de omlaag gedraaide zijruit was hij naar binnen gevlogen, om een meter verder tegen het glas open te spatten. De vleugels sloegen nog een paar keer heftig open en toe, het lijfje trilde, de oranje bek sperde zich wijd en floot een requiem van geborrel en slijm. Op het ruitje zat een cirkel van wit stof waaruit rode sporen omlaag traanden. Met een laatste, zo mogelijk nog hartverscheurender knal stortte daarop het resterende kwart van de zon neer achter de horizon en – dat geloof ik heel erg – werd het hele land platgegooid door een volslagen, nooit eerder geziene duisternis.

Een hele tijd bleef ik daar zitten, mijn blik vastgezet op het vogellijkje. Ik wist dat het voorbij was, allemaal, voorgoed. Hoewel uit niets bleek dat het ongeval op wat voor manier ook iets te maken had met de verzuurde levensomstandigheden waarin ik me op dat moment bevond, toch kon ik niet aanvaarden dat die merel zomaar zou zijn gestorven. Het was een teken, het moest een teken zijn en was het dat niet, dan heb ik het er in ieder geval van gemaakt. Ik heb me eraan opgetrokken om te doen wat ik al zolang had moeten doen, de merel met een prominente plaats bedacht in het nieuwe universum dat noodzakelijkerwijs uit deze mini-big bang moest volgen. Daar, bij valavond, op het moment dat ik heel even en voor het eerst in maanden een zekere rust ervoer, kon ik er niet meer omheen: ik had mijn kortstondige geluk nog niet verdiend.

De beslissing om weg te gaan was al gevallen toen ik door een bezorgde voorbijganger uit de wagen werd bevrijd en thuisgebracht.

‘Het is zover,’ was alles wat ik nog kon uitbrengen toen moeder me in de wang kneep nadat ze me een hete kop chocolademelk onder de neus had geschoven.

‘Het is ermee gedaan,’ antwoordde mijn vader, terwijl hij met een droge vloek zijn autopapieren uit mijn portefeuille griste, niet van plan zijn wagen ooit nog uit te lenen.

HET IS NAUWELIJKS licht als ik word opgeschrikt door een hees geblaat, afgewisseld met kordate blafjes van Gino. Wat verderop is het gestommel hoorbaar van de kudde die zich over de weilanden verspreidt. Er hangt een weeïge stank in de lucht, een mengsel van schimmelige muren en bakken schapenpis. Het geblaat, een hikkerig staccato, komt uit de richting van de nachtstal. Gino staat al aan de poort te krabben, waarbij hij me met piepgeluidjes iets wil vertellen – of dat denk ik dan, misschien piept hij gewoon omdat hij wil vreten, zoals Mobe beweert, en heeft zo'n beest verder helemaal niets te piepen.

In een hoek van de stal ligt een jonge ooi tegen de trog aangedrukt. Als we binnenlopen doet ze haar best om recht te staan. Bij iedere beweging van de achterhand laat ze een pijnlijk blaatje. Een ziek dier ruik je meteen. De rotte walm van diarree en darmgassen, een zure adem of etterkop laten zich niet verbergen. Dit dier ruikt naar wondvocht. Als ze moeizaam mijn richting uit strompelt, houdt ze haar linkerachterpoot wat opgetild. Ik leg één hand tegen haar borst en duw met de andere het achterste naar beneden tot ze neerzit en de poten vrij naar voren steken. Dan betast ik het kniegewricht. Mijn vingers glijden omhoog de vacht in, tot op de bil van het dier. Daar voel ik het zacht van open vlees. Het schaap probeert zich los te trekken als ik met de vinger de pijnplek raak, gooit de kop omhoog, trapt in het ijle. Dan draai ik het beest weer rechtop, zodat ik de staartbasis kan bekijken. Als ik de greep van mijn handen een beetje ontspan, trekt de ooi zich los, schudt haar vacht alsof ze mijn aanraking als regendruppels wil wegzwieren en strompelt naar buiten. Ze is er ernstig aan toe.

Mobe moet de wonde verzorgen, weet ik meteen. Hij is secuur en begrijpt hoe hij schapen moet aanpakken. Te voet is het een halfuurtje naar waar hij woont, bij zijn vader in een villa net buiten de dorpskern. Ik snoer mijn jas stevig dicht en loop het aardewegje op. Gino trekt zijn hondensmoel wijd open en zet het op een blaffen, brutaal, met de arrogantie die zo eigen is aan tijdelijke machthebbers.

Het is groezelig weer vandaag. De wolken liggen plat op het land. Af en toe roert een fikse windstoot de slierten mist door elkaar en kiepert een lading bladeren over me uit. Seizoenen zijn hier onontkoombaar, heel anders dan in de stad waar het eigenlijk niet zoveel uitmaakt of het al weken niet meer heeft geregend, of alles net door een zondvloed dreigt te verzuipen. Een langdurige stortbui, die in winkelstraten en boulevards hooguit een uitvlucht was om gezellig onder een luifel tegen elkaar aan te schuren, ontregelt hier alles: de schapen raken doorweekt, gierkelders lopen vol, de hooivoorraad rot, ratten spoelen uit hun holen en krioelen over het erf, alles piept en kraakt en het enige wat ik kan doen is toekijken hoe dit godvergeten landschap in een mum verkliedert tot een gore vlakte van dunne stront en slijk.

Wild is het hier, van een agressieve indringendheid die weinig weg heeft van de plattelandsidylle waar stadslui zo op geilen. Het leven regelt zichzelf en overwoekert meteen iedere menselijke ingreep. Schapen vreten, lammeren en vallen dood, het gras groeit en wordt gemaaid als het te lang is; ik sta op met de beesten en ga slapen als ik moe ben. Ik laat de dagen komen zoals ze komen, en laat ze zichzelf indelen zoals ze dat altijd hebben gedaan. Ik mors graag met de tijd. Ik leef kwistig tegenwoordig. En het gekke is dat ik daar helemaal niet aan heb moeten wennen toen ik hier kwam wonen. Alsof ik altijd al zo'n oerbeest ben geweest.

Mijn haar kleeft tegen mijn wangen door de waas van mist die over de helling hangt. Ik zal doorweekt zijn als ik bij Mobe arriveer, zeiknat tot op mijn botten. Een gewond schaap kan niet wachten, ook dat is het ritme van het land.

ANNETTE, HET MEISJE dat in het dorp als postbeambte, kruidenierster en zondagkapster werkt, duwt verbaasd haar bril hoog op de neus, als ik mijn briefje van vijf euro neerleg op de lokettafel, annex winkeltoog. Ze ruikt nieuws – iemand die twee dagen eerder naar huis belt dan gepland, doet dat niet zonder reden. Ik zeg haar dat ik toevallig in het dorp was en dat ik even kom bellen, om de tocht geen twee keer in één week te moeten te maken. Wat ik dan wel in het dorp kom zoeken, vraagt ze en ik fluister dat ik niet kon wachten haar te zien. Flauw natuurlijk, en ook een beetje gemeen, want ik weet dat ze me tijdens mijn bezoekjes met een meer dan gewone belangstelling gadeslaat. Haar ogen haken zich in me vast als ik binnenkom en laten me niet meer los tot haar blik met het dichtslaan van de winkeldeur wordt afgesneden. Mooi is ze allesbehalve, maar ondanks haar dooraderde wangen, de ongelijke tanden en de vetbootjes over haar hele lijf, is er toch iets dat me weet te boeien. Misschien dat ik daarom tijd neem om vriendelijk te zijn of haar af en toe een complimentje te schenken, zodat ik kan zien waar dat beetje licht ontspringt dat haar scheef geslagen smoeltje even uittilt boven haar dagelijkse lelijkheid. Vijf euro, dat vraagt ze altijd, of ik nu twee minuten of een vol uur telefoneer, haar prijs ligt vast en dat blijft hij ook, aangezien ze te lui is om iemand te laten komen om een teller te installeren.

'Alas? Ik had je niet verwacht.'

'Ik was toevallig in het dorp en dacht: ik bel vandaag al even.'

'Ben je ziek?'

'Een schaap.'

'Zo, zo, dag Alas. Wat nu: ben je een schaap?'

'Hoe grappig, paps. Kun je ons horen?'

'Een nieuw toestel. Kunnen we met twee tegelijk bellen.'

'Toch niet besmettelijk?'

'Een wonde opgelopen. Ik kwam de veearts vragen me te helpen.'

'Leuk dat je zo onverwacht belt, dat moet je vaker doen.'

'Niet weer, mams.'

'We horen zo weinig van je. En je zusje hoort je al helemaal nooit. Lize was maandag jarig. Je had haar kunnen bellen.'

'Ja. Dat zou pas een verrassing zijn.'

De duffige hoorn raakt even mijn lippen en ik denk aan al die monden die zich er ooit zo tegen hebben gedrukt, er een zoentje inbliezen, hem bespuugden, het microfoontje onklaar maakten met tranen en gesnotter of hem na een te lange stilte ruw op de haak smeten. Ik ruik een concentraat van uitgehard speeksel, enigszins verdoezeld door aftershave en de aardbeiensmaak van goedkope lipstick. Een grijns doorklieft Annettes gezicht, zie ik. Zij heeft de hele soap gevolgd, vanaf het eerste telefoontje. Altijd weer dezelfde verwijten krijgt ze te horen, dezelfde vragen en verzuchtingen.

'Luister je nog, Alas? Ik vroeg iets.'

'Sorry.'

'Hoe is het verder, vroeg ik.'

'O, goed.'

'En zoon, hoe staat het met de meisjes daar in het verre oosten?'

'Wel, het is niet zo dat ik –'

'Niet zo dat ik wat?'

'Als dat is wat je wil horen: zalig geneukt gisteren.'

'Excuseer?'

Annette is van achter de toogbank gekropen en staat speels met haar kont te wiegen terwijl ze de koopwaar in de rekken schikt. Vervolgens zwiert ze haar vestje uit zodat ik haar borsten als volle uiers onder haar blouse zie bengelen.

'Dat was een grap, pa.'

'Ik zou graag een schoondochter hebben. Laos, dat was een prachtig kind.'

'Laat hem toch, Arne. Straks belt hij helemaal niet meer. Mis je ons nooit, Alaasje?'

'Wat is missen, hè, mams. Ik ben niet echt weg.'

'We houden van je, Alas.'

'Wil je daaraan denken?'

Annette wendt haar hoofd af als ik bij wijze van afscheid mijn vingers door haar geoliede haarbos roer. Ik wil een grapje maken, maar houd me in als ik zie hoe vochtig haar wimpers tegen haar brillenglazen kleven. Van de vrolijkheid van zo-even is niets meer te merken.

'Gaat het?' vraag ik dan maar zacht en geef haar een bemoedigende duw.

'Kom je snel weer?' zucht ze en ik zie hoe haar lippen zich een weinig spannen, hunkerend naar een zoen.

DE RIT VAN het dorp tot bij de kudde duurt met de jeep hooguit een kwartiertje. Mobe kwam net de oprijlaan van de villa opgereden toen ik aanbelde. Ik vroeg of hij even tijd had. Hij haalde een busje ontsmettingsmiddel, een scheermes en een fles wijn uit zijn vaders kelder. Hij zou me meteen helpen, zei hij grijnzend. Om een schaap te naaien was hij altijd te vinden.

Alles wat Mobe zegt, moet met een flinke kilo zout genomen worden. Ik ken niemand die er zo'n plezier in schept om zijn verhaal met zo veel sappige details en weetjes te besprenkelen, dat wanneer hij halverwege is, hij al lang niet meer weet wat de aanleiding was van zijn uiteenzetting. Toch kun je het hem niet kwalijk nemen. Het enthousiasme waarmee hij koeien vreemdsoortige monsters laat kalveren of kalkoenen doet opzwellen tot ze meer wegen dan een volwassen zwijn, werkt aanstekelijk.

Tijdens het rijden staat zijn mond geen seconde stil. Zijn hoofd zwenkt voortdurend mijn kant op, zodat ik op mijn beurt wegkijk om het slingerpad in de gaten te houden. Terwijl hij kakelend over het wegje hobbelt, valt me op dat onder de slordige haartjes die zowat zijn hele wangen bedekken, een eerder fijn geslepen gezicht schuilgaat. Tussen zijn grove wenkbrauwen en wimpers die als neerhangende klimop de ogen afschermen, blinken twee vijverblauwe irissen. Onknap zou ik hem niet durven noemen. Onverzorgd misschien, of eerder smakeloos nonchalant. Van zijn linkerneusgat tot aan de lippen zit een lelijk litteken, daar aangebracht door een spartelende kater die hij met één hand een ontwormingspasta in de strot wilde duwen, terwijl hij met de andere een injectiespuit volzoog. Dat verhaal heb ik al honderden keren mogen aanhoren – de ene keer nog meer aangedikt dan de andere. Met enige spijt voegt hij er dan meestal aan toe dat hij voorlopig nog niet kan bogen op andere, nog indrukwekkendere lichamelijke herinneringen aan het dierenslagveld. Waarna hij uitvoerig beargumenteert dat zijn vader, Clozzet, zo'n voortreffelijke dierendokter genoemd mag worden omdat hij een vinger mist en bovendien de medeklinker 'r' niet goed meer kan laten rollen na een trap van een muildier tegen zijn keelzak.

Van de drassige weiden en velden waar 's zomers volop tarwe en maïs worden geteeld, zijn we langs dichte dennenbossen naar het minder vruchtbare gedeelte van de heuvel gereden. Hier is de begroeiing dun en de bodem zanderig, met her en der kleine rotspartijen die het landschap een harde aanblik geven. De regen heeft overal geultjes door de bodem getrokken, bekkens die het water verzamelen en afvoeren naar het wegje waarop we langzaam voortploegen. Zonder vierwielaandrijving moet je hier niet komen, daarvoor is de ondergrond te onstabiel, zeker bij zulk nat weer. Mobe is een chaotische chauffeur. Hij kijkt voortdurend rond, wijst dan dingen aan: een buizerd die langzaam onder de wolken schuift, een groepje wandelaars, een drankkarton dat achteloos tussen de struiken is neergegooid. Ik betrap me erop dat ik graag naar hem luister. Hij mag dan liegen als een straatventer, in ieder geval vormt hij onderhoudend gezelschap.

Net voor we achter het laatste acaciabosje mijn woonstal kunnen zien liggen, trapt Mobe op de rem. De banden boren zich diep in de modder. Met een vloek kruipt hij uit de jeep, klimt de berm op en begint te rennen. Een eindje verderop ligt een schaap op de rug, door de kudde voor dood achtergelaten. Dat is ze ook, blijkt als ik dichterbij kom. Het is het dier van vanochtend. Haar maag is uitgezakt, zegt Mobe. Haar spijsverteringsstelsel heeft haar verstikt. Ze is op haar rug beginnen te rollen om de jeuk eraf te schuren, rolde te ver door en kon niet meer overeind komen. Mobe vouwt de wol op het dijbeen open en vloekt. Hij piert een vinger in de wonde en haalt een lik etter te voorschijn. Te midden van het stinkende vocht wriemelt het van de vliegenmaden.

'Myasis,' mompelt hij terwijl hij zijn vinger schoonveegt aan het gras. 'Verdomme, en al zo laat op het jaar.'

Dan hoor ik de bromvliegen laag rond het lijk zoemen. Ik mep er een paar dood tussen mijn handen. Ze laten zich zo uit de lucht plukken.

'Ze heeft het lelijk te pakken.'

Ik aai even door de zachte vacht tussen de schaapsoren,

laat een vinger om de verstarde ooggranden glijden en zeg dan tegen Mobe dat hij het kadaver mag houden. De wol is nu waardeloos en voor dit vlees ben ik niet te vinden. Mobe kijkt me verbaasd aan en grijpt dan de voorpoten van het dier, terwijl ik mijn vingers rond het achterstel span. Het schapenhoofd schudt zachtjes heen en weer als we het dier naar de wagen dragen en in de koffer deponeren.

'Dat is één,' zegt Mobe. 'Maar ik vrees voor de andere.' Hij geeft me een bemoedigend klopje op de schouder en drukt dan de fles wijn in mijn hand. Bij het wegrijden zie ik dat hij glundert van opwinding. Myasis in de kudde. Hij heeft zojuist een mooie opdracht binnengehaald voor de veeartspraktijk.

Hier en daar een zwart schaap, rustig grazend, oren kerend naar het deinen van de wind. De rotsen blinken als grauwe puisten tussen wat in het voorjaar uitgroeit tot een voedzaam groen. Ik staar naar het wolkendek. Ik probeer er doorheen te kijken en te zien wie het is die verantwoordelijk is voor deze kloterij. Dit schaap had niet moeten sterven, niet nu, aan een ziekte die niet eens een echte ziekte is, maar een plaag van parasieten. In plaats van enige troost naar beneden te stralen, voel ik hoe uit de hemelboog de regen steeds vetter omlaag druipt. Ik open mijn mond en laaf me aan de wolken. Ik ben blij dat ik alleen ben. Ik heb er altijd een hekel aan gehad tegenslag met anderen te moeten delen. Om troost te moeten hengelen. Pech laat zich zoveel makkelijker vergeten als niemand erom vraagt. Alsof je miserie ook maar het minste krimpt door er anderen mee op te zadelen.

Als ik het erf opga, zie ik haar zitten, op de drempel aan de voordeur met Gino's kop in haar schoot. Haar fietsje leunt op precies dezelfde plaats als gisteren tegen de waterpomp. Ze moet mij al een hele tijd in de gaten houden. Nog een meter of drie scheiden ons van elkaar. Het meisje heeft haar tasje op de knieën gezet en haar vingers er stevig omgeklemd. Ga weg, denk ik. Je hebt hier niets te zoeken.

Nog een flinke meter. Ik ruik haar kauwgomdamp weer. Af en toe maakt ze aanstalten om wat te zeggen, opent de mond en perst dan de lippen weer op elkaar. Ze weet dat ze hier niet mag komen.

'Jij hebt Billy vermoord,' zegt ze nog voor ik iets kan uitbrengen.

Ik voel hoe het vraagtekens dondert op mijn gezicht. Billy? Ik ken helemaal geen Billy.

'Jij hebt hem doodgemaakt,' zegt ze en er schieten vlammen in haar veel te grote kinderogen.

Zo is het wel genoeg, denk ik. Iemands rust verstoren is één ding, maar dit gaat me net iets te ver. Ik zoek op haar gezicht naar een ingehouden lachje, wat guitige spot, maar zie niets. Mensenmimiek is sowieso niet makkelijk te ontcijferen, maar minimensenmimiek is voor mij al helemaal Swahili.

'Het is jouw schuld,' zegt ze. Ze kijkt vast te veel televisie. 'Jij hebt Billy gedood,' fluistert ze nog één keer terwijl ze Gino's kop van haar knieën duwt en rechtkrabbelt. Dan grijpt ze de riempjes van haar tas en rent weerom zo snel ze kan naar het fietsje. Nog voor ik haar kan tegenhouden aan die lange gele vlechten die achter haar aan wapperen, voel ik hoe mijn schoenzolen greep verliezen op de mossige kasseien, hoe ik verder wegglijd en daarop neerval op het erf.

Orions pietje

VANDAAG BEN IK technisch werkloos. Tot de dierenartsen zijn teruggekeerd, heeft het geen zin wat dan ook te doen. En komen ze vandaag niet meer, dan allicht morgen wel en dan doe ik deze dag gewoon niets. Dat heb ik hier geleerd: er is niets zo zalig als niets doen. En dan bedoel ik het ultieme nietsdoen, geen opgelegd uurtje rust tussen twee werksessies door of eens een weekendje uitslapen. Ik geef het toe: het heeft een hele tijd geduurd voor ik dit kunstje onder de knie kreeg. De eerste maanden hier op het land waren een verschrikking. Ik stouwde elke dag vol met allerlei klusjes, om toch maar geen minuut verloren te laten gaan, om iedere seconde zo efficiënt mogelijk te benutten. Nu weet ik wel beter. Ik zit op mijn achterste tussen de schapen, geef ze af en toe een graai, luister hoe ze herkauwen, sta recht om te wateren, ga op in het landschap.

Er schiet me een beeld te binnen, lang niet het allermooiste of spectaculairste wat ik met Laos heb ervaren, maar er ligt wel iets van de intensiteit die er ooit heerste in opgeslagen. We waren ongeveer een jaar samen en Laos had net haar intrek genomen in mijn appartement. Op een dag hadden we in een opwelling beslist dat we er even tussenuit wilden en ook meteen de daad bij het woord gevoegd. We waren zonder veel bagage naar het zuiden gelift. We huurden er een kamer in een obscuur hotelletje, sliepen 's ochtends lang uit en gingen laat naar bed. Ik herinner me een groot, leeg plein met bomen rondom en een kraampje met postkaarten en frisdrank op een van de hoeken. Er stond een kiosk opgesteld waar die avond een zigeunerorkestje zou spelen.

Zo verward mijn geheugen is als het op Laos aankomt, zo nauwkeurig kan ik me deze plek nog voor ogen halen. Het was een zwoele dag, een warme vochtigheid deed ons zweten en dat maakte witte sporen op mijn hemdje. Laos droeg een jurk, net boven de knie gesneden van een roestkleurig satijn, dat wonderwel paste bij het koper van haar krullen. Toen had ze echte krullen, niet van die lijzige golven, maar kleine krullen waarvoor ze een halve dag bij de kapper had doorgebracht. Haar zonnebril stond hoog op het voorhoofd om haar haren uit haar gezicht te houden en dat gaf haar iets chics. Hier en daar had de zon rode vlekken op haar gezicht gebrand, ondanks de dikke lagen zonnecrème die ze er regelmatig opsmeerde en ze had haar ogen zwart opgemaakt.

Er groeide een brede strook gras aan weerszijden van het plein en daar hadden we ons neergelegd met wat boeken die we even tevoren in de buurt hadden gekocht. Ze had een fotoboek op de kop getikt over rouwen en begrafenisrituelen in verschillende culturen. Niet dat het verdriet en de pijn van de prenten haar toen al zo bekend voorkwamen. Het waren de specifieke bewegingen die er getoond werden, die haar boeiden – schreeuwerige gezichten als een geliefde net was geknapt, verwrongen lichamen, stoeten van mensen die elkaar schouderkloppend naar de laatste rustplaats begeleidden. Laos tuurde enkele minuten naar elke foto en kwam dan in actie. Ze bestudeerde het fysieke materiaal dat haar werd aangereikt, om er later zelf mee aan de slag te gaan. Het was een bevreemdend contrast: de pijn op de gezichten in het album en dan haar interpretatie ervan op een grasveld in de zon, met een jurkje dat hoog opensloeg bij iedere zwaai met haar benen en gehuld in aanstekelijke lachjes. Dezelfde verscheurende bewegingen kregen in de uitvoering van Laos iets heel erotisch.

Vooral één foto is me bijgebleven: een oude moeder staat aan het hoofdeinde van het doodsbed van haar tienerzoon, neergehaald tijdens een schermutseling in de buurt. Ze wil zich op het lijk storten, maar wordt aan beide handen vastgehouden door twee andere vrouwen, haar zusters misschien of verpleegsters in het ziekenhuis waar de jongen was overleden. Na de foto, de enscenering van hetzelfde tafereel met mezelf als geschoten jongeling en Laos als diens zwalpende moeder. Haar ogen blank, haar mond ontploft, haar handen door twee andere, onzichtbare vrouwen achter haar rug gehouden. Enige pathos heeft Laos nooit geschuwd.

Ze kwam boven op mij zitten, met één knie aan elke kant van mijn buik. Ik raakte bijzonder opgewonden. Ik zag geen rouwend bejaard besje, maar een jonge vrouw die zich op mijn buik gescharnierd overgaf aan een extatisch gebeef. Haar billen tikten ritmisch tegen mijn geslacht en ongewild stootte ik met mijn hand naar het stugge venusgras onder haar slipje. Het wordt moeilijk om dood te blijven, als ze op mijn lijk ook zo zal zitten schokken, dat dacht ik toen ik klaarkwam voor haar verbijsterde ogen. Ik wist niet dat rouwen zo wellustig kon zijn.

Geen enkele keer heb ik Laos tijdens de periode van internering opgezocht. Ze wou me niet ontvangen, zo werd me gezegd. Wel heb ik de dokters opgebeld en gevraagd hoe ze het stelde, of ze haar medicatie nam, of ze wilde praten over wat er gebeurd was. Het was niet hopeloos, dat was alles wat ze zeiden. Niet hopeloos. Meer mocht ik niet verwachten.

VLAKBIJ KUCHT IEMAND. Ik wapper de zon uit mijn gezicht en kijk om. Daar is het kind weer. Aan haar hand een boer. Een vanuit het stedelijke exotisme beschouwd perfect exemplaar. Een van de buren, ook al woont de brave man gauw een kleine kilometer verder. Serge heet hij. Nooit uit dit dorp weggeweest. Een korte, gezette man, uit een boerenbroek geschud en in de stiel gebleven. Het stugge landschap van deze streek heeft zich op zijn gezicht vastgebeten. Serge spreekt de taal van de aarde die hij verbouwt, de beesten die hij fokt, de gewassen die hij vreet. De wind en barre luchten hebben hem vroeg oud gemaakt en hij is bochelig door het vele bukken op het veld. Ik heb hem wel vaker opgezocht in zijn boerderijtje aan de westkant van het dal, voor wat eieren, melk of enkele handjes zoete tarwe. Praten doen we niet, hij geeft de koopwaar en ik betaal wat ik vermoed dat een eerlijke prijs is. Ik zie aan het fronsen van zijn wenkbrauwen wanneer ik hem beledig met een te laag bedrag en geef ik te veel, dan moffelt hij hoofdschuddend het geld zelf weer in mijn vestzakje. Twee keer heeft hij iets gezegd: dat ik nieuw was – wat ik zelf ook wel wist, en dat ik me nog wel zou bedenken als ik hier een winter zou hebben gewoond.

Het is geen gezicht: Serges brute schildering naast het

vlechtenmeisje; haar truttige plastic schoentjes naast een lijf gehuld in afgedragen kleren dat voor eeuwig zal blijven stinken naar kuilvoer en rundervlaaien. Als een geverfde suikerkers is ze de ruwe pracht van deze plek binnengerold.

Voorzichtig steek ik mijn hand uit naar Serge. Hij geeft een vaag teken van herkenning, maar dat is het dan.

'Hallo,' probeer ik nog een keer.

'Hij is het,' zegt het kind.

'Ook goedemiddag.'

'Hij heeft Billy vermoord,' roept het meisje, haar mond zo hoog mogelijk opgeheven in de richting van Serges hoofd, dat heel traag begint heen en weer te knikken.

Serges blik dwaalt over mijn gezicht, slaat zich er doorheen en verbrijzelt dan in enkele lange halen de nachtstal, de plek waar ik slaap, de waterpomp, de poging tot moestuin, de heuvels rondom.

'Waarover heeft ze het toch?' vraag ik aan Serge. 'Wie is dit kind?' Maar hij antwoordt niet.

'Clothilde,' zingt het meisje, aangemoedigd door de plotselinge interesse in haar persoontje. 'Clothíííeelde,' kakelt ze, waarbij ze de scherpe klinker lang en beverig laat zweven om er ten slotte een fijn puntje aan te zuigen.

'Wat moet je, Clothilde?' Ik kijk haar aan zoals ik me herinner dat schoolmeesters dat doen, wanneer ze een kind willen paaien met een ernstig gesprek.

'Ik praat niet met moordenaars,' zegt ze. 'Hé meneer,

wij praten niet met moordenaars.' Serge zwijgt nog steeds. Er groeien rode vlekken in zijn gezicht. Hij raakt zo langzaam oververhit.

'Ik wil naar huis,' zegt Clothilde plots en vastberaden.

'Ja,' zucht Serge. Hij bekijkt me nog een laatste keer van kop tot teen. Dan draait hij zich om en loopt in de richting van de afgebladderde viermaalvier die even verder langs de weg staat geparkeerd. Net boven de roestige randen van de metalen bak achteraan komen de wimpels te voorschijn gewapperd die rond het stuur van het kinderfietsje zijn geknoopt.

GINO IS AKELIG luid beginnen te blaffen en danst nu met sprongetjes over het erf. Hij draagt zijn bozehondenmasker en gromt de tanden bloot als de jeep de hoek om rijdt. Mobe zit braafjes naast zijn vader. Clozzet is een ietwat gezwollen man met een stevige hals waar zijn kleine hoofd als een siertomaatje is opgeprikt. Het dondert zachtjes als hij spreekt en hij spreekt veel. Het wordt een stevig onweer hier vanmiddag en dat heeft mijn hond geweten: Gino's staart zakt al tussen de benen zodra de wagen goed en wel tot stilstand is gekomen en wanneer Clozzet zijn hoofd door de zijdeur steekt en een eerste begroetingssalvo lost, spurt het beest richting schaapskudde.

Achter in de koffer, waar ik op het vinyl nog vuil zie van het schapenlijk van gisteren, staan nu twee grote bussen insecticide. Mobe tilt ze een voor een op de grond en sleurt ze vervolgens enkele honderden meter verder het weiland in. Met houten hekken is een kleine hoek afgesloten om de dieren te vangen. Vandaar leidt een smal gangetje naar een metalen bad, dat tot aan het gras is ingegraven. Met elk een emmer in de hand scheppen we een plas smurrie uit de kuip, wrijven het email schoon en vullen deze dan weer met pompwater. Als het bad bijna vol is, neemt Clozzet een bus insecticide en roert er een flinke hoeveelheid van het spul doorheen.

Het is een zachte dag met een bewolkte hemel die door de verscholen zon wit wordt opgelicht en het moeilijk maakt om de ogen open te spannen. Mobe heeft in de stinkende brei een dode haas gevonden. Rond het ontvleesde skelet kleven nog wat plukjes vacht. Mobe maakt zonder schroom grappige bewegingen met het lijkje, alsof het een ordinaire pop is: een haas die aan het drinken is, een haas die zichzelf afzuigt, een die zijn laatste salto maakt, waarna het nekje breekt en het hazenkopje weer in de kuip rolt. Op zijn buik vist Mobe het eruit en gooit het met een brede haal het weiland in.

'Wat is dat voor een rothond,' buldert Clozzet, als we aan het moeilijkste karwei beginnen: het vangen van de schapen. Met open armen lopen we in een grote boog achter de kudde door tot we ze allemaal min of meer bij elkaar hebben gedwongen. In plaats van mee te werken houdt Gino zich schuil tussen enkele lammeren. Ik roep hem bij me en na wat geaarzel gehoorzaamt hij ook. Als de dieren eenmaal doorhebben wat er gaande is, zetten ze het op een lopen, snel en met korte wendingen, die het moeilijk maken om hen in te sluiten. Mobe en zijn vader rennen ver de heuvel op, terwijl ik met Gino de andere kant kies. Het gedaver van de scherpe hoefjes neemt het over van Clozzets r-loze bulderstem. Nu hij niet meer zo dichtbij is, krijgt Gino er weer zin in en als zijn staart de lucht in schiet weet ik dat het zal lukken. De oude ram voert zijn gevolg na wat heen en weer geren naar het met houtwerk afgesloten weitje.

Boven de ruggen die enkele maanden geleden na het scheren nog glanzend zwart waren, maar nu alweer roestbruin zijn gebleekt, zie ik ze hangen: hele zwermen van de lucilia sericate, de blauwgroene bromvlieg. Als ik probeer het gehijg van de uitgeputte dieren te negeren, hoor ik het gonzen van de duizenden vleugels als een dreigend geruis boven ons.

Ik heb mijn werk niet goed gedaan. Nu Clozzet me erop wijst, zie ik ook hoe mager de dieren zijn, hoe onder hun wol de ribben tegen de huid priemen, hoe hun vacht is vervilt door het schuren langs rotsen en weipalen, hoe hun ogen dof en lusteloos staan en de blauwe tongen dik in de bek liggen. Het is de voorbije weken erg warm geweest voor deze periode van het jaar en het vocht dat de herfst inluidt heeft er geen goed aan gedaan. Ik wist dat huidwormen hele kuddes kunnen vernielen in de maanden voor het scheren, als de wol dik is en de huid doorzweet. Intussen heeft de vacht weer een flinke lengte en het weer zit de parasieten mee.

Mobe en Clozzet klauteren over het hek met scheermessen in hun handen. Als ze een gewond dier bemerken, grijpen ze het vast, trekken het met een korte ruk omver, duwen een knie tegen de nek zodat de kop beneden blijft, snijden vakkundig de wol weg en wrikken haren en vuil uit de wonden. Ik zie de afkeer op hun gezichten als ze onder de klitten en korsten de maden zien krioelen. Honderd eieren per worp van de vrouwelijke bromvlieg, zo heeft Clozzet me verteld, dat maakt zo'n twee- tot drieduizend gedurende hun leventje dat hooguit een maand duurt. Na enkele uren breken de larven uit de eitjes en zoeken de broeierigheid tegen de huid op. Daar vreten ze zich vol en de wonden die ze slaan, trekken op hun beurt weer massa's vliegenmoeders aan. Na enkele dagen laten de maden zich op de grond vallen, graven zich in en als het warm genoeg is, zijn ze na nog een week op hun beurt zelf in staat om rond de schapen te zwermen. Als ik wil, kan ik ze horen, hun vraatzieke bekken die het schaapsvel laag na laag afschrapen.

'Touw!' brult Clozzet. Onder de knie van de veearts ligt een lam van een maand of zes te schreeuwen, een akelig gesnerp dat de rest van de kudde danig ophitst. Mobe neemt het touw en sjort eerst de achterpoten en dan de voorpoten aan elkaar vast. Als de knie van de hals wordt gehaald en het gillende rammetje recht krabbelt, valt het keer op keer op zijn flank. Elk aan een kant tillen de dierenartsen het vervolgens op en dragen het uit het afgesloten stuk weide naar buiten.

'Het heeft geen zin,' grommelt Mobe en boort een injectienaald diep in het krijsende dier. Sterven gaat nooit snel genoeg, denk ik en kan mijn ogen niet afhouden van het spartelende rammetje dat zijn laatste gevecht verliest, want zo hebben wij het beslist. Of zo hebben de vliegen het beslist, hangt er vanaf hoe je het bekijkt, dat mompelt Clozzet, terwijl hij het stuiptrekkende dier op zijn andere zij werpt en me aanwijst hoe de parasieten het hebben aangevreten.

'Het zal wel prikken,' zegt hij als hij even later met zijn zoon de eerste ooi in de kuip drijft. Met een schuurborstel duwen ze het verschrikte hoofd onder. Druipend werkt het schaap zich omhoog en schudt de vacht. Uren zijn we in de weer om alle schapen door het gangetje in de kuip te jagen en de wonden te ontsmetten. Clozzet staat luid te puffen. Zijn hoofd is nu donkerrood geworden en uit zijn gedrongen lijf stroomt een indringende zweetgeur. Mobe doet in het zweten niet onder voor zijn vader en natte schaapsvacht ruikt nu ook niet bepaald fris. Gelukkig is er nog de fruitige geur van insecticide die de wreedheid van dit spartelende tableau vivant bewalmt.

Het is bijna donker en er is een koele wind opgezet, wanneer de laatste ooi uit de kuip komt gekliederd. Clozzet heft het dode lam in zijn armen, monstert het karkas en schat het gewicht.

'Het is de moeite van het villen niet waard,' zegt hij en loopt ermee naar de jeep, waar hij het neerlegt op het vlekkige vinyl. 'Morgen komt iemand van de opruimingsdienst de oogst van de hele week ophalen. Ik leg hem er wel tussen. Gelukkig was het maar een mannetje.' Uit zijn vestzak grabbelt hij vervolgens een doorweekt velletje papier waar hij in kleine potloodletters de rekening opmaakt. Ik beken dat ik zo veel geld – een halve dag werk voor twee personen, de rit, ontsmettingsmiddel, de dodelijke injectie en anderhalve bus insecticide – niet in huis heb.

'Geeft niet,' zegt Clozzet. 'Breng het morgen en dan drinken we nog een glas.' Ik bedank hem en beloof dat ik de volgende dag zal langsgaan bij de bank.

Voor het eerst sinds ik hier woon baal ik ervan dat ik het enkel met een wastafel en koud water moet stellen.

HET IS NACHT en ik bid. Of zo noem ik dat dan, het ritueeltje dat ik voor mezelf heb bedacht en waarin ik me probeer open te stellen voor dat wat buiten de door ons erkende dimensies valt. Soms blijft het bij enkele minuten mijn hoofd leegruimen van alles wat er die dag doorheen heeft gespookt, maar vaak wordt het ook meer en dieper en onderneem ik een poging tot gesprek met wat ik ooit het eeuwig wentelbare heb genoemd. In het najaar richt ik mij tot Orion, die raket van een sterrenbeeld, die krijger met zijn zwaard en zijn pietje, als een snoer van verre lichtjes aan zijn bekken gehangen. Nee, religieus ben ik niet, of wil ik niet zijn omdat het klinkt als sombere gebouwen, seniele priesters en zure miswijn.

Al die jaren in de stad heb ik verkondigd dat God een mensenkind was en dat geloof en magie volkse kluchten waren, vergissingen van onwetende boeren die vergeten waren dat het de mens zelf is die de mens zijn waardigheid verleent. Wat zouden ze me bespotten, mijn oude vrienden, mochten ze me hier nu zien staan, de blik op oneindig, de oren wijd open, en dat alles om toch maar deel te hebben aan de oerenergie die ons omringt, door ons stroomt, leven geeft en het leven maakt tot wat het is. Is het dan toch zo dat een mens in eenzaamheid zichzelf een fijnstoffelijke gesprekspartner creëert? Dat hij op de thee gaat bij schimmen uit zijn verleden en toekomst of troost zoekt bij een vaag beeld – van een boom, een cluster sterren, de maan – dat bovennatuurlijke contouren krijgt zodra het wordt aangesproken?

Ik durf dus al eens een eind weg te lullen tegen Orion of de planeet Venus een kushandje toe te werpen. En ja, als ik door een bos loop, geloof ik graag dat de ranke stammen helpen om de levensenergie door te laten stromen. Het is ook zo'n overweldigend gevoel om hier als een minuscuul wezentje alleen in de nacht midden in de vlakte te gaan staan, het hart open te zetten en een dansje te maken voor dat wat overal is en waar ik al die tijd blind voor ben geweest. Het wordt met de dag moeilijker om ooit terug te keren naar de stad. Niets is nog wat het was, nu ik een glimpje van de eeuwigheid heb gezien.

Ik druk het zo voorzichtig uit om mezelf niet voorbij te hollen, want als de luchten zo breed en donker als een speldenkussen van nachtblauw boven me hangen, ben ik heel wat zachtmoediger dan overdag, wanneer het land ruw en ongenadig de cyclus van het kleinschalige leven toont. Nederig voel ik me, als ik hier het hoofd in de hals gooi en het al aanroep. Je kunt het melig noemen, of oprecht, al naargelang je eigen spirituele vaardigheid.

Ja, spiritueel, zeg ik, ik heb het goed te pakken, ook al zit er voorlopig nog een lichamelijk kantje aan mijn gebed. Misschien ligt het aan het verhevigde stromen van de energie door mijn aderen, waardoor het bloed opwarmt of misschien is het gewoon een soort natuurlijke reactie tegen een hoofdzakelijk geestelijk ritueel, hoe dan ook, het gebed loopt – voorlopig althans, wellicht is het maar een fase die een prille bekeerling als ik eerst nog moet doorlopen – steevast uit op een onstuitbare zin om te neuken. Is dat de manier waarop ik mijn verbondenheid met het al wil delen? De begeerte is het ware geloof, dat heb ik ooit met mijn vingernagel op Laos' rug gekrast en ook dat het orgasme het allerhoogste gebed is, enkele luttele seconden toeven in de gemeenschap van zaligheden.

En dus heb ik gebeden en ben geil geworden en sta nu met mijn broek op de enkels en mijn gezwollen geslacht in de hand naar Orion te wapperen. Van het een komt het ander en daar vliegt ook mijn T-shirt uit en ik keil mijn schoenen met een flinke zwaai in de lucht. In mijn naaktste ik sta ik te bidden met een hand op het kruis en de andere met opengesperde vingers reikend naar de hemel. Ik probeer het hoofd leeg te houden en me te vullen met dat waarmee ik nu bijna één ben en dat ik voel tintelen als een warme gloed onder mijn vel. Mediteren moet je oefenen, denk ik als ik ruk na ruk vecht tegen de vloedgolf aan borsten en rondgespannen billen die me voor de ogen flitsen en me afleiden van de kern van dit plechtig ritueel. Ik hijg een hooglied bij elkaar en begin in stilte te brullen dat ik en heel de wereld en het heden en verleden en de schaduwen van iedereen die ik ooit beminde, dat wij allemaal één zijn en een geheel zijn en waarachtig verbonden zijn tot ver voorbij de dood. En ik zet een pasje voorwaarts en twee naar achteren en maak een dansje in de nacht, een trage zwoele slow, met als partner mijn geslacht.

Voor enkele seconden zwelg ik in de eeuwigheid en dan, als een teken van overgave, als een offer van heel diep uit mezelf schiet ik mijn kwakje ver voorbij de melkweg en zie hoe het zich in dikke lichtgevende druppels even tussen de sterren roert, de schaarse wolken blakert in een hevig wit, voor het als hemels zaad weer op de aarde spat.

HET KOSTTE WAT moeite, maar het is me gelukt om de loketdame in het plaatselijke bankfiliaal de driehonderd euro te ontfutselen die ik bij Clozzet in het krijt sta. Blijkbaar zie ik er nog niet verwaarloosd genoeg uit om aan te schuiven op haar lijstje met wanbetalers. Wel liet ze haar oranje geverfde ogen even op mijn aftandse jasje hangen en ook mijn schoenen konden op een afkeurend gebrom rekenen. Hoewel ze zich nors en kregelig gedroeg, leek ze het bijzonder prettig te vinden om zich heel even te kunnen moeien in mijn leven.

Nu slenter ik wat rond tussen de verweerde huisjes die langs het dorpsplein staan, en de paar straten die er op uitkomen. Dit dorp lijkt op een schildpad, heb ik dat al gezegd? Het proportioneel groot uitgevallen pleintje waar op woensdag markt wordt gehouden en waar bejaarden roddelen en petanque spelen in de ochtendzon, vormt het reptielenlijf. De vier straten die er elk vanuit een andere windrichting naartoe leiden, zijn de poten en de twee doodlopende steegjes, één naast het bankkantoor en één schuinlangs de kapel aan de overkant, vormen respectievelijk het spichtige staartje en de kop, waarbij het torentje van de gebedsplek er een neushoornschildpad van maakt.

Midden op het schild staat een kraampje met asters, late dahlia's en fuchsiastruikjes. Enkele fikse datura's hebben nog volop knoppen tussen de roosomrande kelken. Bloemen kopen zit er voor mij niet in. De vloek van het zwarte zaad is over mij uitgeroepen. Ik raap een afgeknakt chrysantje van de grond. De stengel is wat slapjes, maar de bloem zelf is nog stevig. Ik had wat spaarcenten opzij gezet om de eerste jaren hier door te komen, maar de opbrengsten van de schapen liggen lager dan verwacht. Er was de aankoop van de eerste dieren en zolang ik de kudde nog moet uitbreiden, worden de jonge ooien niet verhandeld. De wolprijs staat intussen op een absoluut dieptepunt. En nu de ziekte heeft toegeslagen, is er al helemaal geen verbetering in zicht. Hier, waar ik volmaakt zelfstandig probeer te leven en schulden het laatste van mijn zorgen zouden moeten zijn, werk ik me in de rode cijfers. En dat terwijl ik in de stad nooit om een cent verlegen heb gezeten. Van de dame van de bank moet ik niets meer verwachten, die heeft daarnet al haar talent voor liefdadigheid reeds opgebruikt. Uitstel van betaling vragen bij Mobes vader lijkt me ook niets, daarvoor moet ik te vaak een beroep doen op zijn diensten.

'Hier ben ik weer!' roep ik als ik even later het kruidenierswinkeltje annex postkantoor binnenren.

Annette, die voorovergebogen bezig was om met dissolvant de laatste restjes van haar nagellak los te weken, schrikt op door mijn luidruchtige entree, kwabbert overeind op haar stoel en lacht breed haar tanden bloot. Ze heeft nog niet veel bezoek gehad vandaag, zo blijkt uit de hoop pulpblaadjes die opengeslagen haar bureau bedekken. Ik plant de chrysant achter een van haar oren.

'Kom je eindelijk je haar laten knippen?' vraagt ze. 'Kort geschoren zou je goed staan.'

'Eerst een telefoontje,' zeg ik snel om haar omhelzing te ontwijken en scharrel uit mijn broekzak met wat losse muntjes vijf euro bij elkaar.

Ik overloop snel in gedachten de rekeningen die ik nog moet betalen, de voedselvoorraad die ik moet inslaan en hoeveel geld ik extra kan gebruiken. Ik schrik van de grootte van het bedrag dat ik moet lenen.

'Ja? Hallo?'

'Ik ben het.'

'Alaasje! Hoe leuk dat je belt. Ik zal je vader ook even roepen.'

'Je mist ons zeker dat we je nu al om de twee dagen horen?'

'Niet echt nee, en het is vrijdag vandaag. Ik bel elke vrijdag.'

'Hij mist je niet meer dan anders, bedoelt hij. Je moet een beetje op je woorden letten, Alas. Je weet dat je moeder gevoelig is voor dit soort dingen.'

'Er is toch niets mis, hé mijn jongen?'

'De schapen.'

'Er was er een ziek. Hoe gaat het daar nu mee?'

'Dood. Huidwormen.'

'Getver.'

‘Daar gaan ze toch niet aan dood?’

‘Van de jeuk. Ik zou dat niet kunnen verdragen, maden in mijn vlees. Stel je voor!’

‘En we hebben nog een lam uit zijn pijn verlost.’

‘Tja, nu zie je het, per se de boer willen uithangen.’

‘Ik heb geld nodig, vader.’

‘Pardon?’

‘En dringend.’

‘Ha nee.’

‘Wat nee?’

‘Oké dan: dringend kun je krijgen.’

‘En geld, pa.’

‘Vraag dat maar aan het vluchtelingensecretariaat.’

Een droge klik. De lijn is verbroken. Annette gaapt me onbegrijpend aan, een tikje boos ook, alsof ik een reclameblok ben dat onverhoeds in haar lievelingsprogramma is geschoven. Met tegenzin zoek ik nog wat kleingeld bij elkaar.

‘Toe.’

‘Ik dacht dat je niets meer van ons wou aannemen.’

‘Het is tegen mijn principes, ja.’

‘Wel dan.’

‘Hoeveel moet je hebben?’

‘Vijfduizend. Dan kan ik door tot ik weer wat dieren heb verkocht.’

‘Geef hem dat geld, Arne.’

‘We zien het nooit terug.’

‘Ik beloof het.’

'Oké dan, ik maak het over.'
'Bedankt, pa.'
'Ik zou het geloven.'
'We zijn er om je te helpen, toch?'

'Proficiat!' zegt Annette en geeft me een zoen op elke wang.

'Omdat ik platzak ben?'

'Je bent rijk, Alas. Ik heb het zelf gehoord. Dat geld geef je toch niet terug?'

'Zeg, breng me niet op slechte ideeën.'

Annette doet nog een pasje naar voren, zodat de teenpunt van haar schoenen tussen mijn voeten staat en ik de warmte van haar buik kan voelen vlak voor de mijne. Ongegeneerd grijpt ze mijn hand en begint met de duimen kleine cirkeltjes te tekenen op mijn palm. Haar vingers voelen klam aan van de spanning. En dan, onverwacht, alsof ik daarop aangestuurd heb, legt ze haar volle lippen als zuignappen op mijn mond. Ik wil haar wegduwen en plant krachtig een hand in de driehoek tussen haar hals en haar borsten, wat zij kennelijk als een blijk van toenadering beschouwt. Ik voel hoe haar tong verwoed tegen mijn tanden begint te drukken. Met enige moeite wrik ik me los uit haar ongevraagde omhelzing en streel happend naar adem door haar kruivende haren.

'Niet zo snel.'

'Ik wou je graag vasthouden,' zegt ze.

'Je staat in je winkel.' Ik wis met mijn pols wat zweetdruppels van haar voorhoofd. 'Straks komt er iemand.'

'Sorry,' zucht ze na een korte stilte en kijkt me schuldbewust aan.

'Het geeft niet,' zeg ik en neem een slok van haar glas om mijn mond te spoelen.

'Later misschien?' Er vonkt iets in haar ogen.

'Wat komt, komt.'

'Laat maar komen,' zegt ze en als ik naar buiten loop weet ik dat het haar onbezonnenheid is die maakt dat ik haar eigenlijk wel mag.

DE HAL VAN de villa is volgestouwd met opgezette dieren. Een stel hindes begluurt me vanachter een mottig everzwijn, terwijl ik wacht tot de dierenarts me kan ontvangen. Er is iets onnatuurlijks in hun gelaatsuitdrukking. De lelijk openstaande muilen en krampachtige gewrongen poten kunnen niet het werk zijn van een ervaren taxidermist. Ik vraag me af hoe Clozzet aan de enorme pelikaan komt waar onder de vleugels twee lampen zijn geschroefd, zodat hij nu als luchter dienst doet. Nieuwsgierig druk ik op het lichtknopje en zie hoe de snavel rood oplicht door een lampje binnenin. Ook de vormeloze Tasmaanse duivels die langs weerszijden tegen de garderobekast zijn getimmerd, zijn geen hoogstandjes van opzetkunst.

'Gezellige drukte hier,' zeg ik als Mobe zijn hoofd door een van de deuren steekt en vraagt hem te volgen.

Clozzet zit aan een lange tafel in de woonkamer met de rug naar de hal gekeerd te werken. Voor hem op tafel staat een houten letterbakje met daarin allemaal kraaltjes, van een speldenprik tot de grootte van een flinke duim. Het zijn oogjes, netjes gerangschikt per diersoort en dan per kleur en formaat. Ik herken de fijne rechtopstaande pupillen die voor de katachtigen worden gebruikt, de stipjes van kleine vogeltjes en dan de horizontale ovalen van tweehoevigen.

'Ga zitten,' gromt Clozzet en richt zijn ontbrekende wijsvinger op de stoel recht tegenover hem. Door een opgejutte wasbeer eraf gerukt, zo gaat het verhaal.

'Wijn?' vraagt Mobe.

Er is geen mevrouw Clozzet in deze bizarre leefruimte. Dit is een mannenhuis, slordig ingericht en wars van enig praktisch huishoudelijk inzicht. Hier kleeft verdriet aan de muren. Je ziet dat ze is verdwenen net voor de villa klaar was. Hier en daar hangen nog lampenpeertjes zonder kapje en de omkasting rond de deuren is niet afgewerkt. Ik toost in de lucht naar mijn gastheer, maar hij lijkt het niet te merken.

'Er wordt over je gepraat in het dorp,' zegt Clozzet.

'Serge,' zegt Mobe. Ik zie hoe het litteken onder zijn neus bij het uitspreken van de beginletters een sierlijke s vormt. Een slang die vantussen de lippen een neusgat binnenglipt.

'Hij belde me over een ziek zwijn en zei terloops dat hij bij jou is langsgeweest met een kind.'

'Clothilde.'

'Hij wist niet goed wat ervan te denken.'

'En wij dus ook niet,' springt Mobe hem bij.

In de stilte die volgt kijken vader en zoon afwisselend naar elkaar en dan weer naar mij.

'Wat heeft Serge dan precies gezegd?' vraag ik aarzelend.

'Het ging over de broer van het meisje.'

'Billy?'

'Zijn naam heeft hij er niet bij gezegd. Ze zei dat hij dood was, en dat jij daar iets mee te maken had. Daarom wou ze Serge laten zien waar je woont.'

'Ik heb hen ontmoet.'

'Daarna zou hij haar naar huis brengen, maar halverwege de rit sprong ze uit zijn wagen en wilde ze met de fiets alleen verder rijden. Eerst wilde Serge niet toegeven en zelf haar ouders spreken, maar toen begon het kind zo heftig te krijsen dat hij haar wel moest laten gaan. Hij is geen kinderen gewend.'

'Ik weet echt niet waar ze het over heeft.'

'Wij al evenmin.'

'Geloof me.'

'Ik weet het: het is maar een praatje van een klein meisje, maar toch. Geruchten groeien snel in dit dorp. Voor je het weet staat de politie voor je deur.'

'Ach, verdomme, wat is dit nu weer. Ik ken dat kind niet eens.' Ik duw de stoel achter me weg en maak een kleine sprong naar het raam. Van hieruit kun je het hele dorp zien liggen, een stervende schildpad in een uitgedroogde modderpoel, zo lijkt het nu.

'Ik geloof je wel,' zegt Clozzet. 'Maar wees een beetje voorzichtig met de dorpelingen. Je bent hier vreemd.'

'Zie ik eruit als een misdadiger?'

'Nee, nee, natuurlijk niet,' sust Mobe.

'Maar nu we het er toch over hebben: waarom ben je eigenlijk zo overhaast hierheen verhuisd, Alas?' Clozzets keelbrom klinkt nog doordringender dan anders en wordt gevolgd door een lange nagalm tegen de kale wanden van de kamer.

'Ik had rust nodig.'

'Dat is alles?'

'Het was geen leven meer in de stad.'

'Je had ook op een minder drastische manier met je verleden kunnen breken.'

'Ik bel mijn ouders elke week.'

'Ouders zijn geen verleden,' komt Mobe ertussen.

'Het klinkt als een vlucht.'

'Ik ben niet gevlucht.'

Wanneer Clozzet na een onwennige stilte het deksel op het letterbakje duwt en te kennen geeft dat hij dringend aan slaap toe is, overhandig ik hem het geld en zeg dat het wel zal overwaaien, het hele voorval met het meisje. Dat ze vast iets verzint uit verveling.

'Ik hoop dat de anderen je even goed gezind zijn,' mompelt hij nog terwijl hij de kamer verlaat.

Ik zoek met Mobe het grote houten terras op aan de achterkant van de villa. Er hangt een aangename koelte buiten en een zoet windje drijft weg uit de boomgaard naast het huis, waar appels hangen te wachten op de pluk. We drinken nog een glas. De kinderen vandaag zijn etters, zegt Mobe. Als er echt iets aan de hand zou zijn, hadden ze me allang gevonden. Ik weet dat hij gelijk heeft, maar zeg toch ook dat ik wat ongerust ben.

'We moeten weten wie het kind is,' zegt Mobe. 'Zolang we dat niet weten, weten we niets.'

'Ze komt wel terug. En dan hou ik haar vast tot ze zegt wie haar verwekt heeft en waarom ze me loopt te treiteren.'

'En we vragen zo veel losgeld dat we nooit meer moeten werken.'

Dan is het even stil, of beter: wij praten niet, maar de lucht is vol geluiden. Overal blaffen honden, geen huis hier zonder hond en al die beesten lijken voortdurend met elkaar in gesprek. Roddels en weetjes uit de buurt worden het hele dorp rondgeblaft. Als het echt groot nieuws is, slaat de onrust over op alle andere beesten en barst het landschap open in een ophitsend sissen en kwaken, balken en loeien. In de boomgaard stijgt de schrille kreet van een pauw op. De stilte van het land is een illusie.

'Hoe zit het met jouw ouders?' De vraag floept uit mijn mond voor ik er erg in heb.

'Goed, dank je.'

'Waar is je moeder?'

'Dood.'

'Het spijt me.'

'Zichzelf doodgereden.'

'Toch niet met opzet?'

'Gedronken.' Mobes arm zwaait nog eens over de glazen. Zijn hand is met de fles vergroeid. 'En de jouwe?'

'Nog samen.'

'Mooi.'

'Ja,' zeg ik en schrik ervan hoe erg ik het meen. 'Maar je hebt een leuke vader.'

'Een kei.'

'Blijf jij hier altijd wonen?'

'Ja.'

'Je zou ook op jezelf kunnen gaan leven.'

'Waarom zou ik? Ik heb gratis inwoonst, eten en mijn kamer wordt gepoetst. Wat ik extra verdien spaar ik om mijn eigen auto van te kopen. Dat is genoeg voor mij.'

'Heb je nooit behoefte aan een vriendin?'

'Ach.'

'Zo'n meisje uit een ander dorp?'

'Heb je dat dan nodig, een lief?'

Ik heb Mobe wel vaker over Laos verteld. De verhalen over haar konden hem even het zwijgen opleggen en zo zijn geut groteske avonturen stuiten. Hij weet als geen ander wat een prachtig meisje ze aanvankelijk was, hoe overdonderd ik was geweest toen ik haar leerde kennen. Als er iemand is die mogelijk begrijpt waarom ik de stad moest verlaten, is het wel Mobe. Mijn ouders namen genoegen met een synopsis van wat er was gebeurd.

'Nee, denk ik,' antwoord ik dan maar, omdat ik weet dat dat Mobe bevestigt in zijn vrouwenloze rust.

'Natuurlijk niet!' zegt hij. 'Dat je daar zo lang over moet nadenken.'

Het nut van de liefde

DIT IS EEN van mijn meest beangstigende dromen: ik ben teruggekeerd naar de stad, waarom weet ik niet en dat doet er ook niet toe, en zet me neer op het bankje in het park waar we vaak samen heengingen. Het is hoogzomer, de grasvelden liggen vol paartjes, kinderen spelen met waterpistooltjes, terwijl wat oudjes keuvelend voorbij sjokken. Alles lijkt perfect, de zon, de vrolijkheid van een zondags park vol mensen, het gekwek en gespetter van de eendjes in de vijver. Ik doezel langzaam in met een opengeslagen krant op mijn schoot.

Dan krijg ik een stomp. Laos dumpt zichzelf naast me op de bank; haar supermarkttas met lege drankblikjes port in mijn zij. Ik weet zeker dat zij het is, maar zij lijkt me niet op te merken.

'Laos,' zeg ik en hoor hoe mijn stem overslaat. 'Meisje toch.'

En ik spring recht en reik met een hand naar haar schouder. Er hangt een wilde blik in haar ogen en ze mompelt vormeloze klanken. Op haar kin hangt speeksel. Haar lippen zijn geen lippen als ik er een vinger op leg. Mijn hand gaat dwars door haar schouder heen. Wanneer een kind op een autoped komt langsgetrapt, begint ze heen en weer te wiegen, eerst traag en vierkant, maar dan steeds heviger tot de hele bank beeft. Ik wil haar vastpakken, haar sussen zoals ik zo vaak heb gedaan. Er zit enkel lucht tussen mijn armen. Met een van haar molenwiekende ledematen slaat ze de zak met blikjes van de bank, zodat ze alle richtingen uitrollen en voorbijgangers haar boos aankijken. Met het winkeltasje in de hand probeer ik de blikjes te verzamelen. Er is niemand die me helpt, want iedereen denkt dat ik bij die verlopen vrouw hoor. Als ik alle blikjes weer bijeen heb en ze Laos wil geven, is ze verdwenen. Ik speur het park af, maar ik zie haar nergens. Ook aan de poort en verder de stad in geen spoor van Laos, die gezien haar toestand toch onmogelijk tot meer in staat kan zijn dan wat geschuifel.

Ze moet erin geslaagd zijn om door een van de hoge stalraampjes naar binnen te klauteren. De voordeur was nog vast toen ik een stuk na middernacht uit het dorp hierheen kwam geslenterd. Ik voelde me enigszins gekalmeerd door het gesprek met Mobe en de wijn. Eerst dacht ik dat Gino zo stond te piepen omdat hij honger had of gewoon om aandacht bedelde. Bij de deur begon hij zelfs schril te blaffen, wat ik – zo bleek achteraf – verkeerdelijk bestrafte als ongewenst gedrag. Ik rook haar onmiddellijk. Ik denk niet dat ik die geur ooit zal kunnen vergeten. Het heeft iets van oude whisky, cederhout en wilde kamperfoelie, en dat dan allemaal tegelijk en erg fijn en subtiel in harmonie gebracht.

Gelukkig lijkt de Laos die ik in mijn bed vond in niets op de afgeleefde vrouw die mijn nachtrust kwam verpesten. Hier ligt een gezond meisje, strak in het vel en bekroond met een toetsje rode golven, dat als ze rechtop zit net haar schouders moet raken. Na mijn vertrek heb ik nooit meer in termen van liefde of zelfs genegenheid aan haar durven denken. Ze was weg, dat was alles wat telde. Maar nu, zo plots, ligt ze hier en merk ik hoe alles tintelt onder mijn vel. Het is nog niet helemaal verloren, die gedachte overvalt mij als ik me voorzichtig naast haar op de matras laat zakken. Niet alles is voorbij.

ALS IK WEER wakker word, is Laos verdwenen. Even denk ik dat ik me alles heb ingebeeld, dat het door de wijn kwam, het keuvelen met Mobe over vrouwen en het nut van de liefde. En dat ik heb liggen ijlen vannacht, werd geplaagd door dat rosse spook dat me overal lijkt te achtervolgen, me inhaalt, voetje licht en dan ijzig uitlacht. Dan zie ik enkele haren op het hoofdkussen dat naast me ligt. Haar plaats op de matras is afgekoeld; ze is al een tijdje de deur uit. Ik sta op, doe een kattenwasje, borstel snel door mijn haar en zet een pot zwarte koffie. Net als ik me boos maak omdat ze me niet heeft gewekt voor ze wegging en heeft ingelicht over het waarom van haar nachtelijke inbraak, zwaait de voordeur open en komt ze door een uitbundig kwispelende Gino op de hielen gezeten de kamer binnengestormd.

'Ik heb je hond even geleend,' zegt ze, terwijl ze zich hijgend op een stoel gooit. 'Mocht dat?'

'Hoe kom jij hier terecht?'

'Ook goeiemorgen.'

'Ik heb je een eeuwigheid niet gezien.'

'Dat heb ik gemerkt, ja.'

'Je ziet er goed uit.'

'Wel dan?'

'Dit is zo raar.'

'Aha, koffie!' roept ze, loopt naar het fornuis en schenkt zichzelf een kop koffie in. 'Wil je ook?'

'Ik heb al gehad.'

'Wat dacht je dan, toen jij mij hier vond vannacht? Die zottin weer?'

'Je bent geen zottin.'

'Nee, maar wel goed gek, hè.'

'Ik was blij je te zien.'

'Niet liegen.'

'Nee, eerlijk.'

'Goed dan, ik was blij dat je er niet was, zodat ik ongestoord kon rondneuzen. Je woont in een stal, Alas. Je leeft als een beest.'

'Meer heb ik niet nodig.'

'Het zijn mijn zaken niet meer, natuurlijk.'

'En het klikte wel met Gino?'

'Gino?'

'De hond.'

'Het is hier mooi, buiten.'

'Vooral rustig.'

'Een beetje te rustig, niet?'

Plots hangt ze rond mijn nek, de armen fors om mijn rug gevouwen en haar hoofd schuin tegen mijn borst. Ze perst zich tegen me aan, ze duwt me plat, ze wil zich in mij wringen. Ik streel haar zachtjes, hoog op de rug, vlak tegen de schoudervleugels aan, daar waar ze vroeger altijd zo graag gestreeld wilde worden. Ze ademt zwaar en vochtig en ik ruik de eerste tranen. Dan barst ze los, waarbij haar vingers zich in mijn vlees haken en zij zich steeds harder tegen me aan drukt. Ik probeer haar greep wat losser te krijgen, door een voet een stapje naar achteren te zetten, maar zij volgt de beweging naadloos, alsof het de eerste stap is in een kleverig duet. Haar lippen tasten zich een weg langs mijn hals over het strottenhoofd, steeds hoger tot bij mijn mond. Laos snottert haar hele opgekropte lijden in mijn gezicht.

Ik herinner me geen begin of aanleiding meer. Het was alsof iemand op een dag één druppel zwarte inkt in haar hoofd had geïnjecteerd, die zich van dan af verspreidde over alles wat ze dacht en droomde. Plots waren ze daar: de huilbuien en ongecontroleerde woede-uitbarstingen, de verwijten en de weerzin om 's ochtends de voeten op de grond te zetten. Tijdens de laatste maanden samen huilde Laos zowat elke dag of zelfs meerdere keren op een dag. Uiteindelijk werd ze zo labiel dat de grootste lachstuip moeiteloos overliep in gekrijs om dan enkele minuten later weer rimpelloos glad te komen liggen. Vanaf het moment dat ik zo'n bui voelde aanwaaien, groeide de afstand tussen ons. Haar ogen werden donker en ik draaide de mijne weg omdat ik wist dat de hysterica die ik even later zou moeten aanschouwen, niet degene was waarmee ik wilde samenleven. Tijdens zo'n uitbarsting leek het alsof ze in een kooi zat, een glazen kist waar al mijn woorden en aanrakingen op afketsten.

'Ik wilde je zo graag zien, Alaasje.'

'Hoe heb je me gevonden?'

'Iedereen kent je hier. Dat meisje uit het postkantoor noemde je zelfs haar knappe jonge herder. Ik mis je, Alas.'

'Jij mist me?'

'Op een bepaalde manier.'

'Ik mis jou ook, Laos. Maar mis je me echt?'

'De laatste tijd wel.'

'En daarvoor?'

De wolken slaan weer open en ik proef Laos' zout op mijn lippen. Voorzichtig laat ik mijn vingers door haar wimpers rijven en til haar kin een beetje op, zodat ik haar recht aan kan kijken. Ze zoekt tevergeefs naar de vetjes op mijn flanken waar ze vroeger zo graag in kneep, of ze vastgreep als de teugels bij een paard, klaar om me te berijden.

'Eet je wel genoeg?'

'Ik eet gezond.'

'Je ziet er moe uit.'

'Moe? Ik slaap genoeg.'

'Ik bedoel niet fysiek.'

'Ik ben hier graag, als je dat bedoelt.'

'Wat doe je hier toch? Je bent een stadsmens, Alas.'

'Geweest.'

'Overtuig mij dan van deze plek, als je kan.'

Het landschap zit me mee vandaag. Wolken glijden hoog en statisch voorbij en geven met hun vage schaduwen het gevoel in een bewegende ruimte te lopen. Hier en daar boort de zon een opening in de witte vlokkenmassa die in de tegenovergestelde richting van onze wandeling drijft. De ochtend hangt in het gras, de najaarsbloemen flappen nog maar net de kelken open. De schapen waaieren breed uit over de heuvels. Even is er tumult wanneer de oude heer achter een ooi aan gaat die duidelijk nog niet bereid is zijn avances te beantwoorden. De ram tikt met een voorpoot tegen haar flank en gaat met de snuit onder haar rokken hangen; zij keert furieus de kop, bonkt hem opzij en rent weg, waarop de hele achtervolging opnieuw begint. Ik toon Laos een sperwer die zich hoog op de thermiek laat drijven en wijs haar op het gekras van een gaai, die zich in een verweerd elzenbosje verborgen houdt. Dan voel ik hoe ze haar hand in de mijne legt en lijkt het alsof er niets is gebeurd, het altijd zo vredig is geweest. Ze kneedt zachtjes mijn handpalm en geeft een wrijfje op mijn onderrug.

Laos is sinds drie maanden van elke medische en psychische begeleiding ontheven. En tot zover gaat alles goed, ze voelt zich veel fitter dan voorheen, heeft weer een normale eetlust, haar menstruatiecyclus heeft zijn oude ritme hervonden en bovenal: ze heeft een redelijk goed betaald baantje weten te bemachtigen. Ze werkt parttime als telefoniste bij een consultingbureau en daarna klopt ze nog wat uurtjes aan de kassa en na de voorstellingen achter de bar in de stadsschouwburg. Dan blijft ze toch nog een beetje actief in de artistieke kringen, voegt ze eraan toe, een uitlating waar ze zelf bijna om moet lachen. Dansen doet ze niet meer. Ja, af en toe op een feestje, maar haar hele conservatoriumervaring heeft ze met onze relatie netjes begraven. Haar lichaam zal de zenuwaanvallen nooit vergeten, zegt ze. Het dansen was een deel van haar ziekte geworden.

Tussen het schrale gras liggen her en der blauwe vlekken, die zilverwit opglanzen als de zon erop ketst. Een toevallige voorbijganger zou kunnen denken dat het vochtige leistenen zijn, die in hun geoliede zwart eenzelfde glinstering toveren. Wie echter dichterbij komt hoort een zacht gezoem, dat wordt opgewekt door honderden vleugels die tegen elkaar schuren. En dan, door een voet die achteloos de plek aanraakt of een plotse beweging vlakbij, wordt het zoemen een luid gebrom en blijkt de vlek een zwerm vliegen te zijn die als een onweerswolkje de lucht in schiet. Van de blauwe stippen in het landschap blijft niets over dan wat hoopjes samengekoekte schapenstront.

'Gaat het?' vraagt Laos na een lange stilte.

'Ja,' zeg ik. 'Het gaat.'

'Waaraan denk je?'

'Niets bijzonders.'

'Gek, hè, dat we elkaar nu zo kunnen zien.'

'Ik durf het nog niet te beseffen,' zeg ik en duw haar hoofd zacht tegen mijn schouder, zoals ik ooit deed op momenten dat het goed ging. Ik voel haar adem warm tegen mijn wangen slaan en weet dat ze zo haar slapen over mijn kin zal schuren. Ze gelooft dat het wrijven langs baardstoppels goed is voor de bloedsomloop.

'Alsof er niets is gebeurd,' zegt ze.

'Misschien is er ook niets gebeurd,' zeg ik bemoedigend.

'Het was klote, Alas. Geloof me: ik heb de hel gezien.'

DE HEL DUS. Laos is teruggekeerd uit die onderaardse krochten om mij te zien. Tussen de jonge vrouw die hier bij me staat en het gillende wezen dat ik die avond voor dood achterliet, gaapt een kloof waarvan alleen zij weet hoe diep hij werkelijk is.

Ik was de nacht voordien niet thuisgekomen. Ik had zwaar zitten drinken, eerst met enkele vrienden, daarna alleen. Ik wist dat het fout was om mijn heil te zoeken in alcohol, maar toch lukte het me in die dagen niet om mezelf staande te houden zonder de roes van de drank. Als ongenode gast was ik uiteindelijk op een privé-verjaardagsfeestje terechtgekomen en had me daar volgegoten met cocktails en schuimwijn tot het me donker werd voor de ogen. Ik werd wakker in een kerkportaal met naast me een plastic zak waarin iemand mijn ondergekotste jasje had gefrommeld.

Mijn herinnering begint weer op het moment dat een bejaarde vrouw me in de arm kneep omdat ik de toegangsdeur blokkeerde. Verdwaasd krabbelde ik overeind, mompelde een verontschuldiging en liep toen achter haar aan de kerk binnen. Een kille galm herinner ik me en ook het gefladder van een verdwaalde duif hoog in de torenkoepel. Daar wierp ik me op een bankje in een verloren vleugel van de kapel en viel bijna onmiddellijk weer in slaap. Enkele uren later werd ik met een barstend hoofd gewekt door een orgelmuziekje dat het begin van een eucharistieviering moest inluiden. Ik lag verscholen achter een gordijn van purper fluweel in een bidplaats die volledig aan het Heilig Hart van Maria was gewijd. Overal rondom stonden stompjes van dunne kaarsen en er hing een bakje om munten in te deponeren. Twee kaarsen waren nog maar net aangestoken, het puntje was er nauwelijks afgesmolten. Niemand had mijn aanwezigheid gemerkt, of er aanstoot aan genomen dat er een zwerver bij Maria's rokken troost had gezocht. Misschien heeft iemand voor mij gebeden, dacht ik, maar wist niet of ik daar blij of boos om moest zijn. Er hing een vage geur van wierook in de kerk en van op de bankjes voor het altaar klonk een doods gemurmel. Met enige moeite hees ik mezelf op een stoel voor het beeld en keek omhoog. Ik was in jaren niet meer in een kerk geweest en toch ging er een schok van herkenning door me heen. Van onder de gedrapeerde hoofddoek straalde een stel gitzwarte ogen.

Maria. Ik stond recht, probeerde met mijn hand haar wang aan te raken, zoekend naar wat troost, een bemoedigend woordje, een knipoog en een stem die me zou influisteren dat het allemaal niet zo erg was: het leven dat ik leed, Laos' aftakeling, de ellende die noodzakelijkerwijze volgen moest. Ze had voor me kunnen huilen, ze had tranen van bloed kunnen storten of haar gezicht had op zijn minst warm kunnen aanvoelen, maar ze deed het niet. Onder mijn vingertoppen voelde ik enkel koude kalk waar wat verf afschilferde. Ik dropte mijn laatste kleingeld in de collectebus en ontstak een kaarsje voor deze koele maagd. Toen de priester uiteindelijk zijn 'en ga nu heen in vrede' mompelde voor het schaarse publiek, waggelde ik mee naar buiten. Daarop sneed een geslepen zonnestraal een gat uit mijn gezicht.

Laos had wallen onder de ogen en het wit rond de irissen was rood doorbloed. Ze had de hele nacht op me zitten wachten, opgefokt door het idee dat ik haar had ingeruild voor drank en lichtzinnig vertier. Zonder iets te zeggen stormde ze op me af en begon tegen mijn gezicht te meppen. Eerst met kleine stompen, dan steeds harder met de volle vuisten overal waar ze me kon raken. Mijn neus begon te bloeden, maar zij sloeg maar door, zodat ook haar vuisten onder het bloed kwamen te zitten en daarmee de rest van mijn gezicht, haar kleren en de vloer rondom. Laos keelde hartverscheurend alsof elke slag die ze gaf, niet op mij maar op zichzelf neerdonderde.

Laos heeft een prachtige hals. Het beste heb ik me die ranke decimeters tussen haar romp en kin altijd kunnen herinneren met mijn vingertoppen. Talloze keren heb ik ze langs de glooiing vanaf de sleutelbeenderen laten glijden, langs de strakke huid die van de schouders overgaat in de sierlijke zuil omhoog tot daar waar met een perfecte knik de aanzet van het hoofd begint. De kleine donshaartjes onder het achterhoofd, de harde lijn waar de slokdarm zit, het zacht van het vlees aan weerszijden van de nekwervel, het ligt in mijn handen opgeslagen.

Het was zelfverdediging. Ik had geen andere keuze. Haar kneukels pierden zich in mijn bebloede vel, haar vingers grepen naar mijn haren en trokken zo hard ze konden. Ik riep dat ze moest stoppen. Eerst sussend, toen bevelend en brutaal, maar niets leek te helpen. Was ik toen niet zo gebroken door mijn nachtelijke uitstap, had ik misschien een betere, minder gewelddadige inval gehad, maar toen wist ik niet beter.

Ik voel weer hoe mijn handen zich om haar hals spanden, mijn vingertoppen als een perfecte cirkel aan elkaar. Hij was zo dun geworden, dat hij makkelijk tweemaal in mijn greep had gepast. Ik liet de cirkel vernauwen tot haar huid overal tegen het eelt op mijn handen schuurde. Ik weet dat ik toen had moeten stoppen, Laos op de grond had moeten dwingen en daar beneden geklemd had moeten houden tot ze vanzelf tot rust zou komen. Maar ik dreef de spanning steeds verder op, waarop zij begon te gillen en wild om zich heen te slaan.

Een zwaan vang je het makkelijkste aan haar hals, zodat ze haar bek niet meer kan gebruiken om te bijten. Ik vermoedde dat voor een vrouw met zwanenhals dezelfde regel zou gelden.

Een rood hoofd onder rode krullen met rooddoorlopen ogen was het laatste dat ik zag voor haar lichaam slap kwam te hangen en ik door het onhoudbare gewicht van een neervallend lijf mijn handen wegtrok. Met een droge plof zeeg Laos neer op het tapijt. Wie toen was binnengekomen, zou nooit geloofd hebben dat het bloed dat overal op haar kleren kleefde, eigenlijk uit mijn neus was gespat.

‘IK HEB EEN vriend,’ zegt ze. ‘Wist je dat?’

Dat wist ik niet, nee. Om eerlijk te zijn: ik heb die mogelijkheid niet eens overwogen.

‘Ken ik hem?’

‘Hij heet Marco en werkt als verpleger in de instelling.’

‘O, goed voor je, toch? Zijn jullie al lang samen?’

‘Een maand of zes. Hij heeft me gered.’

‘Ik begrijp het.’ Ik schraap mijn keel overdreven luid. Ik kan blijkbaar geen woord meer op een normale toon gezegd krijgen.

‘Wat begrijp je?’

‘Waarom je me wilde zien.’

‘Omdat ik je mis, Alas, dat heb ik al gezegd.’ Ze spreekt met een soort geforceerde nonchalance.

‘Om er voorgoed een punt achter te kunnen zetten, bedoel je.’

‘Ben je jaloers?’

‘Waarom zou ik? Als hij maar lief voor je is.’

‘Heel erg lief,’ glimlacht ze.

Met lede oren volg ik haar liefdesavonturen in de instelling, die blijkbaar helemaal geen platgespoten bedoening was zoals ik het me altijd had voorgesteld, maar een levendige gemeenschap van aan lagerwal geraakte lieden die één ding gemeen hadden: een uitgesproken voorliefde voor allerhande extremiteiten. En dan vertelt ze hoe er maar één verpleger was, Marco dus, die haar enigszins leek te begrijpen. Die haar kon sussen als ze gesust moest worden en altijd de juiste dingen op het juiste ogenblik wist te zeggen.

'Hij was attent als een minnaar,' zegt ze. En dus verdiende hij het ook om dat te worden? Ik kan niet geloven dat er ook maar iets waar is van het beeld dat ze ophangt over de maanden in de instelling. Ze zat vol medicijnen, lag verdwaasd op bed en liet zich wegdrijven in zieke fantasieën en – dat kan er nog net in – opgekropte wensdromen die ik misschien niet ten volle heb weten te vervullen. Marco heeft haar gered, zegt ze, maar welke prijs heeft zij daarvoor betaald? Heeft hij haar lichaam zo prachtig gerenoveerd voor haar goed of enkel om zijn eigen lust te laven?

'Hij komt me binnen een uurtje ophalen op het dorpsplein,' zegt Laos bruusk. 'Ik kan maar beter op tijd zijn.'

Blijkbaar heeft hij haar daar gisteravond ook achtergelaten, nadat ze bij wat dorpelingen, onder wie Annette, naar mijn woonplaats en toestand hadden gepolst. Het hele eind van het dorp hierheen was Laos in haar eentje komen rennen, terwijl haar liefje terugkeerde naar de stad.

'En jij?' vraagt ze. 'Heb jij iemand anders?'

'Nee.'

'Ook niet een beetje?'

'Nee.'

‘Jij verdient een heel leuk meisje, Alas.’

‘Iemand als jij bedoel je?’

‘Het zou kunnen,’ zegt ze en ze knipoogt overdreven, zodat het onmogelijk uit te maken is of ze ironisch is, of meent wat ze zegt.

‘Misschien ben ik wel met weinig tevreden.’

‘Natuurlijk, anders had ik nooit een kans gemaakt.’

‘Doe niet zo stom.’

‘Of dat draakje uit het postkantoor. Is zij je type?’

‘Waarom begin je daar nu over?’

‘Ze was meer dan enthousiast over je.’

‘Zo is Annette.’

‘Ze ziet er niet uit.’

‘Je kent haar niet.’

‘Ja, ja, verdedig haar maar.’

‘Hou op, Laos.’

‘Waarom kom je niet terug naar de stad?’

‘Sorry’.

‘Je zou het kunnen proberen.’

‘Ik loop wel even mee,’ zeg ik nog, beleefd als naar gewoonte tegen ex-vriendinnen uit voltooid verleden tijd.

MARCO HEEFT EEN snelle auto, nog blinkend nieuw en niet helemaal te rijmen met zijn status als verpleger. Hij staat blijkbaar al een tijdje te wachten, fout geparkeerd tussen de geknotte platanen en bankjes op het midden van het dorpsplein. De deur aan de chauffeurszijde van de wagen hangt open en een lousy beat stroomt naar buiten. Hier en daar zit een groepje bejaarden hem aan te staren; een vreemdeling in het dorp heeft altijd veel bekijks.

Ik had me hem knapper voorgesteld. Het valt me tegen dat Laos zich heeft kunnen verlieven op een eerder middelmatige vent, zij het met een imposante auto en allicht, daar ga ik maar vanuit tot het tegendeel is bewezen, een goed en liefhebbend hart. Hij is sterker dan ik, getraind door het vele optillen en dragen van zieke lijven, en er zitten flink wat krullen op zijn brede borst. Hij schraapt ostentatief de keel en schiet vervolgens een dikke fluim in een boogje tegen de stam van een plataan, wat door de glurende besjes op een meisjesachtig gegiebel wordt onthaald.

Wanneer Marco ons in de gaten krijgt, rolt hij zijn zware lijf uit het portier en begint onze richting uit te lopen. Hij is groot en ik stel me al voor hoe mijn tengere wandelpartner volledig in zijn omhelzing zal verdwijnen. In niets lijken ze op elkaar, de ene donker en vol, de ander schriel en rossig bleek, niet tegen de minste zon bestand. Nu zwaaien ze naar elkaar, Marco met een kleine, korte beweging, Laos uitbundig, duidelijk blij hem het heuglijke nieuws te kunnen melden dat haar opdracht is geslaagd. Dat ze mij nu voorgoed uit haar leven heeft gezet. En bij die gedachte grijp ik haar onverhoeds en klem haar vingers tussen de mijne. Ik ben er nog, trommel ik op haar handpalm en ook dat liefde nooit echt voorbij gaat. Verschrikt trekt Laos zich los. Marco heeft niets gezien, die was te druk bezig om zichzelf voor de dorpsbewoners een pose te geven.

Laos trekt haar jasje recht, begint te rennen en springt dan hoog met haar bekken tegen zijn buik aan, waarna hij zijn handen onder haar billen drukt zodat ze niet naar beneden kan glijden. Ik weet hoe het voelt, Laos' lijf in een klemgreep rond mijn middel, met haar voeten strak om mijn achterste geklemd en haar armen om de schouders. Ooit was het iets van ons, nu heeft ze het aan haar bronstdier uit de zorgsector cadeau gedaan. Ik zie zijn handen gulzig van haar billen onder haar jasje glijden en ik weet hoe zalig die beweging is, maar niet meer voor mij.

'Dit is dus Marco.'

'Aangenaam,' zeg ik.

'Laos heeft al veel over je verteld,' zegt hij.

'Wat dan?' vraag ik en ik voel hoe de nieuwsgierigheid naar buiten kronkelt.

'Van alles,' zegt Marco en knipoogt daarbij veelbetekenend naar mijn ex.

'Goed of slecht?'

'Goed en slecht,' zegt hij. 'Niet Laos?'

'Slecht en goed, hoe je het wil,' zegt Laos, en aan de ernst van haar woorden te horen, vrees ik dat ze niet bepaald een mooi beeld van me heeft opgehangen. Plots ben ik bang voor de impact van haar bekentenissen. Marco weet het maar al te goed; hij heeft me niet meer te vrezen. Ze wordt letterlijk gek van me en dat is het mooiste wat je een rivaal kan toewensen: het besef dat het toch nooit kan lukken, omdat een mogelijk samenzijn gedoemd is te ontsporen in psychische wanorde.

Ik word misselijk van de manier waarop ze hem aangaapt, de steelse blik naar zijn gespierde armen, zijn kuiten en billen. Hoe langer ik hier sta, hoe minder lang hij zich aan haar tegoed zal kunnen doen, dat denk ik en nog tijdens het denken zelf, besef ik wat voor een belachelijke lul ik eigenlijk ben. Ben ik daarvoor naar dit oord gereisd: om haar niet meer te hoeven zien, omdat ik het niet verdraag dat zij haar mond op die van een ander zou drukken?

In ieder geval neemt Laos de moeite om degelijk afscheid van me te nemen. Eerst gaat ze dicht voor me staan en kijkt me lang en diep aan, net tot ik bijna in haar groene kijkers ben verzopen. Dan legt ze een hand op elk van mijn schouders en duwt me stevig tegen haar borst. Wat is ze zacht, is het eerste wat ik denk. Ik hoor

Laos' regelmatige ademhaling doorheen de geluiden van het dorp, het klapperen van deuren, het ketsen van metalen ballen over de petanquebaan, het geroddel van de oudjes op de bank. Even ben ik Marco vergeten.

'Ik heb je ooit graag gezien,' fluistert Laos en ik ruik haar tranen opwellen.

'Ik zie je nog steeds graag,' zeg ik.

'Dank je,' zegt ze en wrijft in lange halen over mijn rug.

'Tot ziens,' stotter ik en geef haar drie zoenen op de wang, zoals ik het bij een kennis zou doen.

'Is dat alles?' lacht ze en legt haar lippen vochtig op mijn mond.

Nog vier warme kussen volgen voor Laos naast haar minnaar in de wagen stapt en met een zekere spijt op haar gezicht – of dat vind ik prettig om te denken – het portier sluit. Er staat nu veel volk op het plein, de praatjes gaan hier razendsnel van deur tot deur, zodat iedereen straks weet dat ik hier heb staan zoenen met het lief van een ander, terwijl hij er zelf naar stond te kijken. Ik knik beleefd naar de gezichten die ik herken. Zoals het een showman betaamt, laat Marco nog even de banden gieren in de kiezels rond de bomen, voor hij de openbare weg op rijdt.

En dan, in de luttele seconden voor de auto van het plein scheurt, verschijnt er een hoofdje in de achterruit. Het is het silhouet van een kind. Een blond kind van een jaar of zes, met twee vlechtjes die bijna horizontaal boven de oren zweven. Ik meen nog net te zien hoe het kinderarmpje omhoog gaat en naar me begint te zwaaien.

ER HANGT EEN duffe lucht in de dorpswinkel, de geur van slechte adem en te lang bewaarde groenten. Even ben ik verblind door de donkerte binnen, waarbij een carrousel van blauwe vlekken voor mijn ogen draait. Annette krabbelt recht vanachter haar toogbank en loopt naar de deur. Ze draait de sleutel in het slot en hangt een bordje met 'gesloten' voor het raam.

'Siësta,' zegt ze.

'Ik heb liefde nodig,' zeg ik.

Annette gaapt me even verbaasd aan, ongelovig over mijn al te suggestieve woorden. Dan groeit er een lach op haar gezicht en kijkt ze me aan alsof ik een bord van de romige rijstpap ben die ze zo graag lust.

Nog voor ze haar armen volledig om mijn rug heeft gesloten, begin ik haar te zoenen, eerst in de plooien om haar hals, dan hoger langs de wangen tot aan de fel geverfde mond.

'Vanwaar plots die haast?' vraagt ze maar ik smoor haar woorden met mijn tong.

Weldra liggen we languit op een tapijtje op de grond, voor de straat verborgen door de houten winkeltoog. In het halfduister valt me op dat dit meisje helemaal niet lelijk is van onderuit langs de zijkant bekeken en ik probeer me voor te stellen hoe ze eruit zou zien mocht ze op een andere plek zijn opgegroeid.

Veel tijd om haar te bestuderen gunt ze me niet, want haar begerige motortje is nu goed en wel in gang gezet. Van het een komt het ander en al snel krabbelen haar vingers langs de naden op mijn kruis. Ik pruts haar bh los, waarop haar hele lading borsten vrij onder haar blouse hobbelt en ik niet anders kan dan ze met mijn beide handen te omklemmen en ze zo tot rust te brengen. Ik voel de ruwe tepelhoven en de topjes van de bellen, die hard en stevig groeien onder mijn aanraking.

'Wil je mij echt?' hijgt Annette.

'Ja,' zeg ik, ook al weet ik dat het me nooit volledig zal lukken om dit al te begerige vrouwenvlees met liefde te verzadigen.

Ik sjor haar broek af en het slipje eronder, een fijn gehaakt niemendalletje in blinkend zwarte zijde. Het seksuele verlangen van de mens laat zich meten aan zijn ondergoed, heb ik ooit gelezen en nu ik dit openspattende lijf zich zie wentelen in dure lingerie, weet ik dat het waar is. Annette is dan ook zichtbaar teleurgesteld als ze mijn ordinaire boxershort ziet. Met één haal rukt ze hem naar beneden. Zonder dralen rolt ze me boven op haar en terwijl ik naar adem hap tussen haar blauw geaderde borsten, wrijft ze mijn billen zo heet aan, dat ik niet anders kan dan bij haar naar binnen stoten om het vuur te blussen. Halverwege wil ik me terugtrekken, niet opgewassen tegen dit teveel aan lust. Onmiddellijk slaat Annette me in een klemgreep, 'hier jij!', en dwingt me onzacht om met mijn hand haar poezenkroontje extra te bewerken. Als ze uiteindelijk klaarkomt, beeft de hele winkel. Uit zulk een explosie is ooit het heelal geboren, weet ik, terwijl ik plichtsbewust ook mijn deel van het collectieve oerorgasme herbeleef.

Dan is het een tijdje stil in de winkel. We liggen zij aan zij op het tapijtje onder Annettes bureau en luisteren naar elkaars ademhaling. We delen een sigaret en proberen kringetjes te blazen, die we dan als ringen rond onze vingers schuiven. Er hangt een kleffe zweetgeur en de rest van onze begeerte ligt in vochtige vlekken op de grond. De lusten zijn gestild, de rust is weergekeerd.

'Je moeder heeft getelefoneerd,' zegt ze plots.

'Wat?'

'Vanochtend.'

'Ik heb haar gisteren pas gebeld. En hoe komt ze aan je nummer?'

'Een nieuw toestel, zei ze. Het nummer dat belt verschijnt op het display.'

'Verdomme.'

'Je moest haar terugbellen.'

'Laten ze me dan nooit met rust?'

'En vandaag mag je gratis, mijn stiertje.'

Ik hef me uit Annettes omarming en zoek mijn kleren bij elkaar, die her en der over de ruimte verspreid liggen. Mijn vel tintelt nog na van haar geduw en hardhandig gewrijf. Ik kleed me zo traag mogelijk aan, zucht overdreven luid terwijl ik mijn broeksriem om mijn middel knoop en slenter naar het telefoonhoekje.

Ik sla mijn handen plat tegen de muur. De holle bons galmt door het postkantoortje. Ik bonk mijn hoofd tegen de muur. De dreun doet de koopwaar trillen op de metalen rekken. Een doetje, ben ik. Een moederskind.

Annette heeft haar ondergoed aangetrokken en is zo op haar krukje achter de toog geklauterd. Haar uitgeputte lichaam barst bijna uit de fijne lingerie. Ze steekt haar duim in de lucht; het toestel is klaar voor gebruik. Ik neem de hoorn van de haak en doe wat van me verwacht wordt, terwijl zij met een zakspiegeltje in de hand haar lippen weer in vorm schminkt.

'En?'

'Alaasje?'

'Wat is er, mams?'

'Wel, het zit zo dat...'

'Zeg het nu maar.'

'We komen morgen op bezoek.'

'Wat?'

'Het moet maar eens gedaan zijn met je geheimzinnigheid.'

'Geen sprake van!'

'We hebben het gisterenavond na je telefoontje overlegd. Je klonk zo gespannen.'

'Nee, zeg ik.'

'Soms hang je me de keel uit, Alas.'

'Kom jij je er nu ook al mee bemoeien, vader?'

'Je gaat je ouders toch niet verbieden om langs te komen?'

'Het is mijn huis en ik wil het niet.'

'Maar wij wel. En wij zijn met twee.'

'Soms zijn jullie onuitstaanbaar. Ik heb gezegd dat ik...'

'We zullen niet op je rommel letten.'

'We verwachten niets van je, afgesproken?'

'Kusje van mama.'

'Ciao, zoon.'

Ik gooi de hoorn op de haak. Ook dat nog. Annette straalt me overdreven opgemaakt toe vanachter de toonbank. Met haar minzieke lijf in dat minuscule lingeriesetje, lijkt ze een goedkope hoer.

'Sigaret?' vraagt ze.

Familiebezoek, net nu ik al meer dan genoeg aan mijn hoofd heb.

'Klote,' zeg ik en sleur zo hard aan de sigaret dat ze in een mum van tijd is opgerookt. 'Ik ben al die bemoeienis kotsbeu.'

'Dat is geen bemoeienis, liefje. Dat is familie.'

'Familie dan.'

'Je bent verwend, Alas.'

'Ach wat,' zeg ik en pluk het spiegeltje uit Annettes handen. Er zitten plekken op mijn wangen waar ze het bloed door mijn huid heeft gezogen. Dan begin ik haar kleren van de grond te rapen. Laag per laag kleed ik haar aan, waarbij Annette om een kusje bedelt op elk lichaamsdeel dat ik onder de stof doe verdwijnen.

'Kom je snel weer?' vraagt ze als ik aanstalten maak om te vertrekken.

'We zien wel,' zeg ik en ik veeg bij wijze van afscheid met mijn tong haar rode lippen open in haar gezicht.

HET IS EEN heldere vooravond. Open hemel en windstil. Ik zit op een rotsblok naar de schapen te kijken. Gino's muil ligt op mijn voeten. Af en toe klinken de hoge fluittonen van een kievit, vermengd met het aanhoudende getjirp van krekels. Van ver lijkt de schaapskudde perfect gezond. Niet aan de vliegen denken, denk ik. Aan niets denken, dat is het beste. Ik sluit de ogen. Ik leg mijn handen als schelpen op mijn oren en probeer niet op het gezoem te letten. Dan sluit ik ook de andere zintuigen en keer me helemaal naar binnen. Ik voel mijn hart kloppen in mijn vingertoppen. Het lijkt overal te zitten, ik hoor het bonzen van mijn voeten tot aan mijn slapen.

Ik vlieg niet en toch zweef ik. De rots onder me is verdwenen en toch houd ik contact met de aarde. De lichtvlekken op mijn dichte oogleden worden vlammetjes of bloemen op een vijver van vuur. Er zit beweging in de vijver, iemand heeft de stop eruit getrokken en nu stroomt de vloeistof in een spiraal door het afvoerputje naar buiten. Dan wordt de spiraal een kermismolen, met slingerende bakjes vol joelend volk en het buiten is geen echt buiten meer, maar hier en ginder tegelijkertijd. Ik voel hoe ik omhoog word gezogen in net zo'n spiraal, een kolk van vuur die schroeiend over de aardbol raast en mens en dier optilt en mee de lucht in trekt. Nu zit mijn hoofd vol vuur, denk ik, maar geef die gedachte meteen een stomp, want denken is het enige wat ik niet mag doen.

Dan herken ik gezichten in mijn reis hemelwaarts, of flarden van gezichten, hybride gestalten die zijn samengeraapt uit lichaamsdelen en karaktertrekken van vrienden en beminden. Laos schiet langs me voorbij, met op haar arm Clothilde. Ik zie Maria in haar ogen en de Christus in het kind, een schreiend vlechtenmeisje dat wordt belaagd door hordes vergulde mieren en blinkende kevers die eigenlijk vliegen zijn, maar dan met overal handen en grijpgrage vingers op de rug. Marco en Mobe spelen een partijtje voetbal met het hoofd van een Tasmaanse duivel, die na enkele tellen verandert in een van Annettes giganteske borsten. Dan komen moeder en vader aangelopen en rukken het kind uit Laos' armen. 'Stil maar Alaasje,' zingt mama en ze wiegt het steeds jonger wordende wichtje tot een baby die mijn naam draagt. Vader grijpt haar arm en met de baby tussen beider buiken geplet beginnen ze te dansen, eerst een slow, dan een cha-cha-cha om te eindigen met een wellustige tango, die blijkbaar aanstekelijk werkt voor Laos, want voor het eerst in jaren leeft ze zich weer uit in klassiek ballet. Annette raakt helemaal in vervoering van zo veel moois, trekt een tutu aan van zwart kant en doet verwoede pogingen om op haar tippen pirouettes te draaien. Boer Serge komt op een ram gezeten aangedraafd om haar te helpen. Ik zie hoe geil zijn blik is en hoe bloeddorstig zijn tong hengelt uit zijn bek. En in de verte, langs de horizons aan alle kanten, verschijnt een leger opgezette beesten, een harig peloton met kunststofoogjes en opengesperde muilen waar Clozzet met veel geduld gekleurde lampjes heeft ingeschroefd. Het hogere heelal en het vagevuur lijken plots wel erg veel op elkaar, denk ik, en krijg een bloedende merel in mijn gezicht gekatapulteerd. Hier wordt niet nagedacht. Hier is gewoon aanwezig zijn al meer dan genoeg.

Dan schrik ik wakker. Daar zijn ze weer: de schapen, de heuvelruggen, de rotsen, de stallen en Gino die als een dwaas met halfopen muil ligt te soezelen. De zon daalt traag naar het westen en scheidt een pastelroze af. Her en der krinkelen de eerste nevelslierten over het weiland en een verre lijster heeft zijn laatste cantate ingezet. De vliegen hebben zich op de drollen te rusten gelegd en de schapen knabbelen nog snel een toefje gras, voor ze in colonne naar de nachtstal spurten.

Laos heeft gelijk. Het is hier mooi. Alles is rustig. Er kan mij niets gebeuren.

Erwartung

DE EERSTE RACEWAGEN reed vanochtend vroeg het weiland in. Een halfuurtje later volgde een tweede en dan nog een en nog een. Nu staan er elf van die opgefokte karren te pruttelen op de helling. De chauffeurs zijn uitgestapt en laten de motoren vieze gassen blazen, terwijl ze rood-witte linten spannen boven het gras. De meesten kijken nors, boos op de idylle van dit landschap dat ze straks aan stukken zullen rijten. Ze peppen elkaar op en roepen schuine dingen om op scherp te staan als de wedstrijd eenmaal begint. Drie van hen zijn vrouwen, met lange geverfde haren en een boezem die opstandig uit de lederen blouse komt piepen. Ze hebben veel bekijks, mannen graaien naar hun billen of knipogen naar elkaar als ze heupwiegend langs paraderen. Dan komt er ook een camionette op het wegje mijn richting uit getuft. Met enige moeite werkt hij zich de berm op en zo verder de weide in. De banden trekken een modderspoor in het gras, waarbij de klieders aarde in het rond vliegen. Ter hoogte van de sportwagentjes worden de deuren van de camionette opengegooid en er worden blikjes bier onder de piloten verdeeld.

Ik zie het schouwspel met lede ogen aan. Gelukkig was ik wakker toen de eerste arriveerde. De kudde was al ver op de hellingen verdwenen toen hij langs het erf vlamde en zonder ommezien mijn land op ging. Gino spurtte de wagen achterna, vloog er in brede cirkels omheen, alsof het een enorm op hol geslagen schaap was. Zelfs toen het met spoilers overladen karretje tot stilstand kwam, hield Gino niet op met blaffen. Het duurde een hele tijd voor de chauffeur voorzichtigjes zijn deur op een kiertje durfde te duwen. Intussen hadden de schapen zich in paniek in de verst mogelijke uithoek van de vlakte verzameld. Zonder een woord met de racepiloot te wisselen, rende ik met de hond het weiland in en dreef de beesten zo kalm mogelijk richting nachtstal. Ik greep de oudste ooi van het lot diep in de vacht en trok haar tegen mijn dijen aan in de juiste richting. Gino zorgde dat de andere dieren volgden. Uiteindelijk was de hele handel veilig opgeborgen toen de rest van de chauffeurs de ochtendlucht opbliezen.

Wist iemand dat dit zou gebeuren? Heeft iemand om toestemming gevraagd? En horen er geen veiligheidsdiensten aanwezig te zijn bij terreinraces als deze? Ik word zenuwachtig van het idee dat de wagens straks het hele weiland omwoelen, terwijl ik geen poot kan uitsteken om het te verhinderen. Ik zou naar het dorp kunnen rennen en proberen om de lokale veldwachter uit zijn bed te sleuren. Of ik zou versterking kunnen vragen uit het hoofdkantoor van de politie een dorp verder. Ik wil wel, maar ik kan hier niet weg. Ik vertrouw die stuurse smoelen niet. Daarom zit ik op de drempel voor de stal toe te kijken en te wachten op wat komen gaat. Gino heb ik binnen opgesloten, uit angst dat hij onder de wielen van een van de wagens zou verdwijnen. Even kan ik zo stilzitten, dan spring ik alweer recht en loop naar de schapenstal om de dieren te tellen, om me ervan te vergewissen dat er niet toch nog eentje ergens in de schrikdraad verstrikt hangt te blaten. Het koppel is compleet. Ik schuif nog enkele balen stro tegen het hek dat toegang geeft tot de stal, voor het geval dat de angst door de kudde zou slaan.

Het parcours loopt van waar de camionette staat een kilometer noordwaarts tot achter de horizonlijn, maakt dan een bocht naar rechts om via het landweggetje langs mijn erf te passeren. Vandaar gaat het weer de weide in, met een kronkelige zone tussen de rotsen verder de helling op. Bovenaan wordt een toertje gedraaid en vandaar moeten de wagens nog eens heel het weiland rond voor ze weer bij de drankvoorraad finishen. Stokken met stukjes rood-wit lint geven het parcours aan. Ook de toegangsweg tot mijn erf is met lint afgespannen. Wil ik hier weg, dan moet ik of op mijn knieën of het plastic doorsnijden.

Dan beginnen de piloten aan het verkennen van het circuit. Een voor een zetten de wagens zich aan de startlijn, pompen met de gaspedaal en bulderen dan richting heuvelrug. Ik zie omgebouwde personenwagens, goedkope modellen vol deuken met zware motoren en vonkende uitlaten. Alles knettert en brult als wagen na wagen voorbijscheurt, en dit is nog maar een proefritje.

Sommige piloten draaien hun zijruitje naar beneden en roepen wat onverstaanbaars naar me. Of ze knipperen eens met de extra mistlichten en verstralers die op de voorzijde staan gemonteerd. Een van de copiloten begint te headbangen op de dreunen van een housemuziekje, terwijl de bestuurder de wagen ritmisch heen en weer laat slingeren. Alsof ze nog niet genoeg de aandacht trekken.

Als alle wagens een rondje hebben gereden, verzamelen bestuurders en copiloten rond de camionette. Er wordt gelachen, opgeschept en met vieze woorden gemorst. De eigenaar van de camionette heeft in een doorgezaagd olievat een barbecue geïnstalleerd. Een geur van vlees krinkelt omhoog. De pensenbakker prikt een rist worsten aan een vork en steekt ze als een vlag de lucht in. Een van de gratiën pijpt een bloedpens en oogst daarmee een daverend applaus. Er wordt met mosterd en ketchup gekliederd en in een mum van tijd is de voorraad in de gulzige muilen verdwenen. Nog meer pils wordt bovengehaald om het tussendoortje weg te spoelen. Dan gaan de piloten een voor een tegen de grond, ze leggen zich in het gras of op de nog warme motorkap van hun wagen in afwachting van het signaal om aan het echte werk te beginnen.

ER SPRINGT EEN melodietje door mijn hoofd, een opeenvolging van melancholisch op en neer dwarrelende klanken op een bedje van pianogetokkel. Het zit er al een hele tijd, gonst als een insect en sluipt dan af en toe naar boven, tot in mijn voorhoofd waar het de vleugels tegen elkaar schuurt en zo luid zoemt dat de hersenkast bijna uit elkaar bibbert.

'Mädel, sei kein eitles Ding, Fang dir keinen Schmetterling, Such dir einen rechten Mann, Der dich tüchtig küssen kann.'

Het is mijn angstliedje. Zo heb ik het gedoopt omdat het beestje steeds weer te voorschijn popt bij ongewone situaties, op momenten dat ik dreig houvast te verliezen of even niet weet wat te doen. Het is een tijdje geleden dat ik de vleugels nog open hoorde suizen. Nu zit het er weer, in het midden boven mijn wenkbrauwen. Het heeft een valse sleperigheid die op geen enkele manier valt te rijmen met de ernst van de situaties waarin het opduikt.

'Mädel, Mädel, sei nicht dumm, Lauf nicht wie im Traum herum, Augen auf!'

Dit liedje kreeg ik van de ouders van Laos, het sloop binnen en vrat zich laag aan de achterkant van mijn brein een nestje om te blijven. Het gebeurde de laatste keer dat ik in hun statige rijtjeshuis aan de stadsrand was langsgeweest, enkele dagen nadat Laos in de psychiatrische instelling werd opgenomen. Het waren aardige mensen, gestudeerd en met een brede blik op al wat gecultiveerd en voor een zinvolle discussie vatbaar was. Laos' moeder was al een tijdje gestopt met werken, nadat ze jaren als lerares geschiedenis in een college in de stad had lesgegeven. Ze kon de kinderen niet meer aan, zei ze; hoewel ze erg om hen gaf, had ze niet meer de kracht om zich te verzetten, om zichzelf de plek toe te eigenen die voor haar was bestemd. Haar echtgenoot werkte zijn hele loopbaan als journalist economie bij een nationaal dagblad. Een degelijke man met een piepklein brilletje op de neus, wat hem een enigszins streng voorkomen gaf.

Laos was vier dagen eerder opgehaald met de ambulance. Drie verplegers in een groen pak tilden haar op een smal bedje op wielen en schoven haar dan in het busje. Ik herinner me vooral de onmacht, de onwerkelijkheid van de hele situatie ook: het lichaam van de persoon die mij het liefste was, of liever een fractie ervan, werd opgehaald als een hoop vuilnis. Ik stond in een hoek van de kamer en keek naar haar slappe, bebloede lichaam. Het was mijn bloed, dat heb ik al gezegd, dat had zij zelf uit mijn neus gemept, maar het bleef een akelig zicht. Een van de verplegers gaf me een vochtige doek om me schoon te wrijven en ik herinner me hoe ik schrok van dat gebaar. Lange tijd heb ik gedacht dat ik daar had moeten sterven, dat ik ter plekke dood had moeten vallen, zodat de verplegers me meteen erbij in de ambulance hadden kunnen gooien. Laos op het bed, klaar voor de afdeling herstellingen; ik gewoon op de vloer met een doek op mijn hoofd, klaar om afgeleverd te worden bij het mortuarium van de kliniek. Het is een van de kleinere zwakheden van de mens dat hij altijd dood wil gaan als het hem te veel wordt.

Ik heb hen gebeld voor een afspraak. Niemand weet hoe je dit doet: op bezoek gaan bij mensen van wie je hun enig kind hebt gemassacreerd, of haar er toch niet van hebt kunnen weerhouden om de verdoemenis in te duiken. Zij hadden hun kostbaarste bezit aan mij toevertrouwd en ik had het uit mijn vingers laten glippen. Ik was een mislukkeling, een nietsnut die te zwak was om in te zien dat hun meisje aandacht en liefde tekortkwam, dat ik haar niet genoeg kon geven. Nooit genoeg kon geven. Dat ze iemand nodig had die ze helemaal leeg kon zuigen, iemand die zichzelf steeds weer wist te voeden, zodat er altijd voldoende overbleef om te zuigen.

Ik belde aan in de broek en het vestje dat Laos me altijd gebood te dragen wanneer we met het gezin gingen dineren. De deur zwaaide open en haar moeder stortte zich in mijn armen. Van haar vader kreeg ik een hand, een klopje op de schouder en een piepklein glaasje cognac, net genoeg om de walm van haar moeders parfum mee uit mijn keel te branden. Ik zou blijven voor het avondmaal, hadden ze voor mij beslist. En dus bleef ik de rest van de dag zitten op een stoel aan tafel bij Ria en Gerald, zonder honger maar met wel een hoop bereide allerhande voedingswaren, in het midden van de tafel geëtaleerd.

Ik herinner me de ruimte waarin de ronde marmeren tafel stond als een kale doos met erg hoge muren die naar boven toe een beetje gingen overhellen, alsof ze ieder moment naar beneden konden vallen. In mijn geheugen was de eetkamer grijs geschilderd, of niet eens geschilderd maar met een ruwe cement bepleisterd en hing er boven de eettafel een luchter met veel kapotte lampjes erin. Eerst was er soep en dan een slaatje en in afwachting van het hoofdgerecht, zette de gastheer een plaatje op waar Laos als kind helemaal gek op was. De 'Brettl-Lieder' van Arnold Schönberg. Had ik toen wat meer weerstand geboden, zat het ergerlijke melodietje van 'Mahnung' nu misschien niet zo in mijn hoofd gebrand, maar daar in die ongemakkelijke situatie met haar vader die zich helemaal liet vervoeren door wat ooit een geliefd plaatje van zijn dochter was, kon ik niet anders dan het binnenlaten.

'*Mädel, sei kein eitles Ding, Fang dir keinen Schmetterling, Such dir einen rechten Mann, Der dich tüchtig küssen kann,*' klonk het en ik kauwde op de woorden en slikte ze door.

'*Mädel, Mädel, sei nicht dumm, Lauf nicht wie im Traum herum, Augen auf! Ob Einer kommt, Der dir recht zum Manne taugt. Kommt er, dann nicht lang bedacht!*' Uit Geralds smalle borst borrelde een hoge tenor naar buiten. Ik schrok toen de man plots opstond, een hand over zijn hart schoof en de partij meebrulde die de sopraan op de opname zo gevoelig wist te vertolken.

'Klapp! Die Falle zugemacht!'

Voor mij stond een lijdende vijftiger, een man die ik nauwelijks kende buiten dan via wat beleefd gekeuvel of uit de verhalen die Laos over hem vertelde, zichzelf binnenstebuiten te keren op de tonen van een begin twintigste-eeuws salonmuziekje. Zijn schelle stem sneed mijn schedel open; de sopraan kerfde de melodie vervolgens zorgvuldig in mijn hersenschors.

'Liebes Mädel, sei gescheit, Nütze deine Rosenzeit! Passe auf und denke dran, Dass du, wenn du ohne Plan, Ziellos durch das Leben schwirrst, Eine alte Jungfer wirst.'

Tijdens het verorberen van de rest van het avondmaal bleef Schönberg op de achtergrond aanwezig. Tussen de stiltes door praatten we over wat voorbij was, over hoe Laos zich door haar pubertijd had gezwoegd. Ze was geen makkelijke tiener geweest. Toen ze eenmaal op de dansschool in de buurt zat, ging het beter. En sinds ze aan de jongens zat, waren de ergste problemen van de baan.

Keer op keer stond Gerald recht en zette de naald weer terug aan het begin van het lied en ook Ria raakte volledig bevangen. Iedere keer opnieuw ging het van: *'Klapp! Die Falle zugemacht!'* waarbij hij met beide vlakke handen hard op het tafelblad dreunde. *'Klapp! Die Falle zugemacht!'* En altijd weer schrikken als zijn handpalmen plat op het marmer gingen, iedere keer harder en harder.

'Klapp! Die Falle zugemacht!' Iedere keer weer moest Laos' moeder er heel erg om lachen. Een akelig lachje dat naadloos bleek over te lopen in de volgende versregel van het lied. Ik keek omhoog en wist dat het plafond nu ieder ogenblik naar beneden zou kunnen donderen.

Tegen de koffie werd het toch nog een beetje gezellig. Ria had een geglazuurde cake gebakken met gekonfijte vruchten en een overvloed aan chocolaatjes. Het fleurige ding stond in schril contrast met de grauwheid van de kamer en de zoete plakkerigheid deed de rest van het menu volkomen teniet. Om de sfeer niet te verzieken at ik gedwee het enorme stuk op dat zo enthousiast op mijn bord werd gekieperd.

'Je bent hier altijd welkom,' zei Gerald plots. 'Je bent een fijne jongen, Alas. Het is onze plicht je te helpen.'

'Je zou een goede schoonzoon zijn, wist je dat?' verkocht Ria plechtig en ik zag dat ze heimelijk haar hand over die van haar echtgenoot schoof.

'Ja,' zei deze laatste. 'Ja.'

'Ik denk niet dat Laos me nog wil zien,' sneed ik het rozige tafereel aan flarden.

'Met onze dochter moet je niet te snel opgeven, dat weten wij al langer. Ze is niet de makkelijkste, maar ze komt wel terug.'

'Ze komt altijd terug,' riep Gerald daarop en sloeg nog maar eens, totaal uit de context, met volle kracht op de tafel, zodat de nog overblijvende helft van de cake omviel en in stukken brak.

'Ja,' zei ik zachtjes, maar wist niet of ik daar na wat er was gebeurd nog wel zo blij om kon zijn.

Even bleef het stil in de kamer. De muren kromden zich nog wat verder en wierpen zware schaduwen op de vloer. Schönbergs 'Erwartung' schurkte zich er in lange, bizarre bewegingen tegenaan en Ria stond traag op om verse koffie in te schenken. Ze had oude handen, herinner ik, veel ouder dan haar gezicht zou doen vermoeden. Om Geralds lippen zat een norse plooi en zijn voorhoofd rimpelde zich onder de lading zorgen die hij weer zag opdoemen.

'Binnen de twee weken is ze weer thuis,' sprak Ria. 'Dan moeten jullie maar een tijdje hier komen wonen, zodat er altijd iemand bij haar is om op haar te letten. Haar nu alleen laten zitten, zou niet verstandig zijn.'

'Nee, dat zou niet verstandig zijn,' zei ik, wetende dat dit mijn enige en laatste maaltijd aan deze tafel zou blijven.

'JE STINKT,' ZEGT het kind en duwt ostentatief twee vingers in haar neus, zodat die een beetje omhoog wipt. Ze staat voor me van het ene been op het andere te huppen, terwijl ze afwisselend mijn kant uit kijkt en dan weer naar de ronkende wagens. Aan de bagagedrager van haar fietsje hangen twee oranje ballonnen met reclame voor het lokale bankfiliaal. Clothilde is opgedirkt als een dure dame, met een halssnoer van plastic en kleine gouden knopjes in haar oren. Ze is bijzonder in haar nopjes met de drukte.

'Je bent lelijk,' zegt ze. 'Zo lelijk als alle moordenaars.'

'Kom je me nu weer lastigvallen?'

'En je stinkt verschrikkelijk,' zegt ze terwijl ze haar vingers nog wat dieper in haar neusgaten propt en een plooi van afgrijzen trekt in haar blozende gezichtje.

'Een echte landman moet stinken.'

'Bweeeeh!' roept Clothilde en ze houdt haar adem in tot ze helemaal rood is aangelopen.

'Ga weg.'

'Ik blijf hier zitten,' zegt ze en schuift bij op de deurdrempel.

'Dat zal niet gaan.' Ik probeer haar weg te duwen.

'Bweeeeeek!'

'Clothilde, néé zeg ik.'

'Schuif op!' Ze begint in mijn flank te porren met haar kindervingers, prikt met haar nagels in mijn zij, knijpt en pitst tot ze meer dan de helft van de drempel heeft ingenomen.

'Ik mag niet tussen de auto's, zegt papa.'

'Dan had hij je maar thuis moeten laten.'

'Ik ben nog te klein.'

'Bij mama dan.'

'Mijn mama woont in Afrika. En mijn papa is de baas van allemaal.' Ze glundert van trots.

'Maar niet de mijne.'

'Van heel de race!'

'Waar is hij?'

'Daar!' krijst het kind. 'Zie je hem? Bij de barbecue. Daar!'

Ik zie hoe Marco met de worstenbakker de barbecue omkiepert en de hete kolen in het gras laten rollen. Hij was me nog niet eerder opgevallen met dat oranje petje en een al even oranje T-shirt met het logo van de sponsor erop. Wat heb ik hem misdaan dat hij mijn hele weiland komt verknoeien? En Laos – hangt zij hier dan ook ergens rond, in zo'n lederen pak gewrongen? Wanneer enkele chauffeurs komen aangerend, roept Marco iets in hun richting en ritst dan ostentatief zijn broek los. De anderen volgen en beginnen in dikke stralen op de hete kolen te plassen. Een giftige rookpluim gaat sissend omhoog, blijft even rond hun bezeten hoofden hangen en drijft dan in dunne slierten weg over de heuvel.

'Hier komen geen auto's, hè?'

'Nee, hier blijven ze weg.'

'Auto's kunnen niet tegen stinkende mensen!'

'En stinkende mensen kunnen ook niet tegen kinderen.'

'Dat is waar!'

'Die haten alle kindjes.'

'Die maken ze allemaal dood. Net als Billy!'

Clothilde begint hard met haar vuisten op mijn borst te timmeren. Als ze me ruw in de maag raakt, klem ik mijn handen om haar polsen en sleur haar recht. Even is haar gezicht rustig, dan groeien er kringen rond haar mond en breken haar lippen open.

'Moordenaar! Moordenaar!'

Ik wrik met mijn ellebogen de voordeur open en sleep het meisje naar binnen. Straks staan ze allemaal hier op het erf, een hele bende geheven mannenvuisten die maar al te graag mijn ribben willen schudden.

'Ga zitten,' zeg ik en druk Clothilde op een stoel.

'Ik ga dood!'

'Dat is waar, maar niet vandaag.'

'Wel!'

Ik loop naar de kraan om een glas water voor haar te halen, zodat ze tenminste één slok haar mond zal houden.

'Het is allemaal jouw schuld,' gilt ze in mijn oor.

'Drink!'

'Dat is vergif.'

Ik duw het glas tegen haar lippen. Met twee vingers wrik ik haar mond open en kieper in één geut de inhoud naar binnen. De vloeistof loopt in dunne lijntjes langs haar mondhoeken naar beneden. Op haar roze bloesje, de plek waar ooit haar borstjes zullen groeien, vormt zich een donkere vochtvlek.

Het duurt even voor het gegil is geluwd. Dat het toch lukt, heb ik voornamelijk aan Gino te danken, die weet hoe een paniekerig schaap valt te sussen. Met zijn kop op haar schoot hijgt hij haar deemoedig toe en geeft af en toe een klein piepje als ze weer aanstalten maakt om de keel open te sperren.

Clothilde is uitgeklaagd en zit voorovergebogen op de stoel. Haar schouders hobbelen ritmisch op en neer. Nu huilt ze echt. Daarnet was het een spel, dat zie zelfs ik. De sirene slaat aan bij alle kinderen die niet meteen krijgen wat ze willen.

'Rustig maar,' zeg ik en leg een hand in haar hals. Ze laat me begaan. Ik haal een handdoek uit het keukenkastje en veeg met zachte halen haar gezichtje schoon.

'Ik maak je niet dood.'

'Beloofd?'

'Erewoord.'

Even later zit Clothilde gehurkt op de vloer met voor haar Gino languit op de rug. Hij rolt opgewonden heen en weer en kwispelt hevig als het meisje haar handen over zijn buik laat gaan. Onder zijn kin krabben haar vingers, in zijn nek, over de borstkam en dan steeds lager tot het zachte stukje vilt rond de navel.

'Gino is lief,' zoent ze in de hondenoren. 'Zotte Gino, je bent net een babyhondje.'

'Wij moeten eens praten, Clothilde.'

'Mama heeft ook een hond in Afrika.'

'Wie is die Billy?'

'Mijn broer.'

'Ouder of jonger?'

'Jonger natuurlijk. Mama is nog maar drie jaar verhuisd. Daar weet ik bijna niets meer van, dat ze wegging. Toen was ik nog klein.'

'Je bent nog altijd klein.'

'Toen was ik heel klein. Drie.'

'En Billy is in Afrika geboren.'

'Nee, dommerik. Toen was mama al weg. Billy heeft geen mama. En dat is allemaal jouw schuld.'

Dan springt het kind recht, rolt Gino weer op zijn poten en begint als een gek rond de tafel te rennen. De hond host er achteraan, bijt soms zachtjes in haar handen zoals hij dat bij de schapen doet om de richting aan te geven, en het kind lijkt dat leuk te vinden, want als ze zijn tanden voelt, schatert ze het uit.

'Je bent saai,' zingt Clothilde. 'Zo saaaaaai!'

'Nog even.'

'En je stinkt!'

Voor ik iets kan doen staat het kind aan de voordeur, grijpt naar de klink, gaat eraan hangen en laat ze openzwaaien. Met Gino op de hielen rent ze naar de waterpomp, springt op het fietsje en trapt het in beweging. Driftig rolt ze het erf af, als een klein raketje de vlakte ingeschoten, met de twee ballonnen achteraan als parachutes om de snelheid wat te minderen zodat ze net niet opstijgt. Als ze het wegje heeft bereikt, roep ik mijn hond bij me. Hij gehoorzaamt wonderwel. Daar ben ik opeens een beetje blij om: dat er toch iemand is die naar me wil luisteren.

BLAUWE VLAMMEN SCHROEIEN het gras waar de racewagens door de vlakte maaien. Met vijf tegelijk werden ze losgelaten en scheuren nu zo snel mogelijk richting heuvelrug, waarbij ze elkaar voortdurend van het afgebakende parcours proberen te manoeuvreren. Aan de gammele camionette staan Marco en de worstenbakker aanmoedigingen te kraaien, terwijl door het schokken het bier uit de blikken in hun handen naar buiten schuimt. Ik voel een onsmakelijke walging voor Laos' nieuwe vrijer. Hij weet dat ik hier van in het deurportaal naar hem gluur. Ik zag dat hij geprobeerd heeft om contact te maken, met een schuchter wiegen van de linkerhand in de lucht, dat dan bij gebrek aan reactie van mijn kant overging in nog meer zwaaibewegingen, die dan weer dienst konden doen om de wagens aan te moedigen. Van hier bekeken is zijn gezicht nauwelijks groter dan een speldenknop, zonder enig spoor van gelaatsuitdrukkingen. Toch kan ik elk detail helder voor ogen halen: zijn geslepen kinnebak, die hoekige jukbeenderen, de naar binnengeslagen oogkassen en die lelloze oren die bovenaan uitlopen in onrustwekkend puntjes.

Intussen lijkt het hele dorp weet te hebben gekregen van deze race, die blijkbaar minder illegaal is dan ik dacht. Waarom hebben ze mij dan niet verwittigd? Ze hadden op zijn minst een briefje onder de voordeur kunnen schuiven, waarop stond dat ik deze dag beter geen bezoek zou uitnodigen, alleen al voor het lawaai of om overtollige drukte op het parcours te vermijden. En zie: daar struint de dame van de bank al over het platteland, dezelfde vrouw van wie ik mijn laatste centen heb losgekregen. Nu is ze helemaal in een net grijs mantelpakje gekleed en aan haar arm bungelt een grote oranje sponsortas. Dus zij betaalt hier het bier en het vlees met de laatste winsten die ik haar als klant heb geleverd? Misschien moet ik het straks daar met die stuurse bankbediende wel over hebben. Een moderne herder wil ook wel eens om wat sponsoring hengelen. Twee oranje schapen in de kudde, dat zou aardig opvallen en de wandelaars die hier komen zal het zeker bekoren.

Ik herken de grijze dorpsgezichten, dezelfde ombestemde smoelen die op het marktplein vanachter de platanen naar me gluren, roddelen over het wel en wee van mijn bestaan. Het zijn dezelfde ogen die hebben gezien hoe ik hier in het dorp belandde, de stallingen kocht en begon met het uitbouwen van een kudde. Natuurlijk willen ze me hier weg hebben, ook al heb ik niemand kwaad gedaan.

Daar zit Serge, dit monument van brute landerigheid, tussen twee bejaarden te doen wat hij bij mij altijd heeft gelaten: hij praat. Zijn stugge lippen gaan ongewoon snel open en dicht. De oudjes schudden meewarig de hoofden en nijpen hun bebrilde ogen fijn om mijn stallen beter te kunnen zien. En dan praten zij tegen Serge.

Ze houden me al langer in de gaten. Ik hoor het hun al fezelen, met haperige schuurklanken en een ernst alsof het hun laatste geheim op hun sterfbed betreft. Iedereen weet dat Laos in het dorp was, en iedereen weet dat zij ooit de mijne was, dat ze ziek werd, dat ik haar niet mentaal gezond had weten te houden en dat ze ten slotte in een psychiatrische kliniek werd geplaatst. Zulke verhalen waaien overal naartoe. Als het over roddel gaat, is de stad maar een boogscheut van hier.

Alsof iedereen alles weet, altijd alles heeft geweten terwijl ik er zelf maar wat achteraan hobbel. Alsof iedereen mijn verleden kent en zich zoet houdt door erover te palaveren op het schildpadvormige dorpsplein. Weten ze dan ook wie het kind is? Ze hebben gisteren allemaal gezien hoe Clothilde zat te gieren van de pret op de achterbank van Marco's wagen. Haar vader heeft de hele race vast met de bevolking bedisseld. Hij knipoogde eens verleidelijk, legde een hand net te lang op een verlepte knie, gaf wat luchtzoentjes en hij had zijn slag thuis. Hij is naar hetzelfde bankkantoor gelopen waar ik even tevoren was geweest en heeft daar om geld gebedeld. En hij heeft het gekregen omdat ik de bankbediende op de zenuwen had gewerkt met mijn gezeur om meer krediet. Het hele dorp wist van deze race, politie was overbodig: iedereen is hier politie voor iedereen.

Werd ik in de stad, waar iedereen voortdurend in het zichtveld van een ander loopt, niet veel minder in de gaten gehouden? Ik kan me nauwelijks herinneren dat ik me ooit zorgen heb moeten maken over dat er misschien wel over me gepraat zou worden, dat ik onderwerp was van burenvermaak. Het was een grote supermarkt, waar ik hele dagen in kon verdwalen zonder op te vallen tussen de rijen koopwaar en de drommen klanten die tussen de rekken wriemelden. Hier ben ik het enige vreemde gezicht in kilometers omtrek en dat valt op, ook zonder iets verkeerds te doen. Hier lijkt het wel alsof ik de enige ben die wekelijks Annette bezoekt. Iedereen weet wanneer ik inkopen heb gedaan en ik stel me voor dat iedereen ook precies weet wat ik dan allemaal gekocht heb: iedere keer weer batterijen, een busje haargel, tandpasta of deodorant. En daar wordt dan hartelijk om gelachen: schapen fokken, maar wel deodorant gebruiken?

BUITEN HANGT HET gebulder als een dikke vacht over het landschap. Ik heb zojuist Mobes cadeautje ontkurkt en mezelf een groot glas ingeschonken. Met lange halen giet ik de wijn naar binnen en ga dan op de matras liggen. Als ik de ogen sluit, kan ik nog precies voelen waar Laos heeft gelegen, waar haar billen een holte in de schuimrubber hebben geduwd, waar haar haren uitwaaierden over het hoofdkussen. Voorzichtig zoek ik de afdrukken van haar lichaam en schik mezelf volgens het patroon dat ze op mijn bed heeft achtergelaten. Mijn benen op haar benen, mijn armen op haar armen, mijn rug precies daar waar haar rug zich kromde in de nacht.

Ik sluit nu de oren en luister naar mijn ademhaling. Ik probeer het ritme te vinden waarop zij hier ademde, lichtjes uit de maat, met een kleine vertraging ten opzichte van de mijne. Door de hoge stalramen stuiteren vierkanten van mosgroen licht naar binnen en ik zie ze tegen de tegels aan diggelen springen. Onder het gewelfde plafond danst een groepje vliegen uitgelaten in het rond.

Soms zie je iemand maar graag door de herinneringen die ze heeft nagelaten. Soms strookt hoe iemand is geworden in zo weinig met het verleden dat je met haar hebt gedeeld, dat je niet anders kan dan haar los te laten, zodat je haar in je geheugen een zelfstandig leven kan geven. Ik hou nog steeds van Laos, maar dan wel hier in dit lichaam en in dit hoofd, onder deze huid en in deze handen. Het is haar afdruk in mezelf die ik bemin en niet langer dat schimmige wezen, dat zo onbeholpen de dieperik is ingegaan.

Drie klopjes op de deur en het hese kuchen van een wat oudere vrouw. Dan even stilte, gekibbel van mensen die al jaren met elkaar kibbelen en dan weer drie kleine klopjes met dezelfde zachte hand. Nu schraapt een man de keel, murmelt wat tegen de vrouw, duwt haar opzij en bonst dan fors. Er wordt een hand op de klink gelegd en door de openzwaaiende deur valt een monoliet van licht, opgejaagd door het gedreun van de auto's en het gekwetter van de toeschouwers. Nu staan ze binnen, maar ik doe alsof ik er niet ben. Ik trek voorzichtig de deken over mijn hoofd en wacht tot ze me opmerken. Ik heb hen niet hierheen gevraagd.

'Wel,' hoor ik vader brommen.

'Tja,' zucht moeder.

'Het kon erger.'

'Het kon veel erger, maar hij zou wel eens mogen poetsen. Hier ligt zeker een centimeter stof.'

Ik hoor het glijden van een vinger over de hoge keukenkast. Ik weet hoe moeder nu naar haar bestofte vinger staart, de neus optrekt, de vinger schoonspoelt onder de kraan om hem dan op een andere plek in het vuil te priemen. De fles wijn zal ze optillen, ruiken wat erin zit en haar dan met een afkeurend gesis in een hoek van de kast duwen. Als ik hen nog een kwartiertje zo laat neuzen, begint ze zelf aan de poetsbeurt, laat ze de spoelbak vollopen met water en zeep, trekt alle laatjes open op zoek naar een stofdoek, die ik niet heb, en scheurt dan wat velletjes keukenrol af om de boel schoon te wrijven.

'Kijk: een gewelfd plafond,' bromt vader.

'Bijna twee centimeter.'

'Dat zijn oude tramrails.'

'Hij wordt nog doodziek van dit vuil.'

Voorzichtig piep ik over het randje van de deken. Ik zie hoe moeder druk doende is om in de keukenkast alle potjes met kruiden en eetwaar zorgvuldig te inspecteren. Af en toe haalt ze er een tussenuit en zet het aan de kant. Het valt me op dat ze grijs is geworden, veel grijzer dan hoe ik me haar voorstel tijdens onze telefoongesprekken. Misschien had ze haar haar geverfd, de paar keren dat ik sinds mijn verhuizing nog bij hen op bezoek ben geweest. Of wie weet verft ze haar haar al jaren en heb ik het nooit geweten – een onrustwekkende gedachte. Mijn moeder is geen oude vrouw en zal er ook nooit eentje worden. Haar schoenen herken ik, ze koopt altijd hetzelfde model bij een winkeltje uit de buurt. Er hangt weinig modder aan, die heeft ze er buiten een tijdlang staan afborstelen voor ze de eerste klopjes op de deur durfde te geven. Ook vaders schoenen zijn opvallend netjes. Ik zie al voor me hoe moeder ze een voor een heeft schoongewreven. Vader draagt een bril die ik niet ken, eentje met een montuur in hoorn met een dikke rand boven de wenkbrauwen en dunne metalen houders over de oren. Er zit een onwennig lachje op zijn gezicht, waarbij ik maar moeilijk kan uitmaken of hij zenuwachtiger is om mij te zien, dan om wat zijn echtgenote nog allemaal voor viezigheden zal opdissen.

'Vooral niet zeuren,' zegt hij.

'Nee, nee,' zegt moeder. 'Maar jij ook niet.'

'Ik ken je.'

'En ik ken jullie ook,' roep ik en spring recht met de deken over mijn hoofd, waarbij ik per ongeluk met een voet tegen het lege glas trap, zodat het enkele meters verder tegen een poot van de keukentafel belandt. Vader bewaart zijn kalmte zoals hij zichzelf had opgedragen, bukt zich, raapt het glas op en bestudeert nauwkeurig of er geen barstjes in zitten. Dan zet hij het na het slaken van een onbestemd keelgeluid neer op het aanrecht. Moeder gaapt me intussen aan alsof ik een zwerfkat ben die onverhoeds haar eigen keuken is binnengeslopen.

'Alas, je bent er toch!' En plop, ik zie weer een tikje jeugd openklateren in haar gezicht. De tijd heeft zich vastgevreten in haar lichaam, maar haar blik en spraakvermogen vertonen niet de minste sleet.

'Ik wóón hier, ma.'

'We hebben al wat rondgekeken.'

'Jullie hadden niet moeten komen.'

‘En wat is dat voor een herrie buiten? Doen ze dat hier vaak? Dat moesten ze verbieden!’

‘Ach wat, spui jullie commentaar. Ik weet dat het een stal is. Tien minuten krijgen jullie. Ik ga intussen een kijkje nemen bij de schapen.’

‘Ik loop wel even mee,’ zegt vader en wil een vriendschappelijke arm over mijn schouder slaan, maar ik duw hem achteruit en sluit de deur in zijn gezicht.

Voor de schaapstal voel ik de spanning overslaan op de dieren. Oren worden mijn kant uit gericht en de ogen staan wijd open. Zolang ikzelf rustig ben, zijn de dieren tevreden, zelfs op een dag als deze waarbij het hele landschap onweert en een stilte nooit langer duurt dan een fractie van een seconde. Nu voelen ze mijn gejaagdheid. Hier en daar klinkt een angstblaatje en de lange staarten hangen zenuwachtig te trillen. Een herder die zelf niet in optimale conditie toeft, kan zich maar beter ver van de kudde houden.

Ik had hen bij het eerste klopje op de deur moeten wegsturen. Ik had de voordeur moeten openrukken en hen van het erf trappen. Het is een verloren zaak, ik weet precies hoe het zal gaan: als ik weer naar binnen loop, zit vader half te slapen in mijn oude fauteuil, terwijl moeder verder snuffelt in de kleinste hoekjes van het vertrek, onder de matras en in de vuilbakken. De ene zal de andere aanmanen om stil te zitten, respectievelijk mee in actie te komen. Moeder zal het zichzelf nooit vergeven als ze zich morgen één hoekje kan herinneren dat zijn geheimen niet aan haar heeft prijsgegeven.

ER IS EEN wagen door het lint gegaan. Hij zit als een platgetrapt bierblikje over de rotsen geplooid. Uit de motorkap stijgt dikke rook op. De camionnette is tot vlakbij het wrak gereden en enkele piloten zijn bezig om met een koevoet de zijdeur open te breken. Het gedreun heeft plaats geruimd voor een gerommel van stemmen. Marco holt voortdurend heen en weer tussen de geaccidenteerde wagen en het busje, reikt water aan en komt met een draagberrie aansleuren. Af en toe brult hij wat bevelen zoals dat van een organisator wordt verwacht in noodsituaties.

Ik zie hem zo al bulderen in zijn groene verplegerspak, terwijl Laos in de instelling een aanval kreeg. Als haar ogen wazig werden en het trillen om de lippen begon, als haar knieën het bijna begaven onder het daveren van haar lijf, haar ingewanden leegliepen in haar slipje en het klapperen van haar tanden als een mitraillettevuur losbarstte. Marco heeft iets wat ik niet heb: een sterke stem en grote handen, die Laos' hoofd helemaal konden omsluiten en de oorlog tussen haar oren smoren.

Ook aan het andere eind van het grasland, waar Serge tussen de dorpelingen staat, is enige commotie ontstaan. Ruggen worden hanig gerecht, handen in broekzakken worden vuisten en bejaarde dames wrijven gedurig over hun rokken, in de hoop zo deze golf van opwinding weer plat te strijken. Dan zie ik hoe Clothildes fietsje tegen de knie leunt van een ouderling die meeraast in het gesprek. De oranje ballonnen aan haar bagagedrager waaien speels heen en weer op het ritme van zijn ademhaling. Het meisje zelf staat enkele meters verder tussen twee dames geplet omhoog te staren naar al die verontwaardigde gezichten. De handen van de dames liggen beschermend op haar hoofdje en af en toe krijgt ze een flinke aai.

Ruggen worden borstkassen, wit krullende pompons worden gezichten als de dorpelingen zich gezamenlijk deze kant uit keren. De man tegen wiens knie het fietsje leunt, houdt zijn wandelstok omhoog alsof het een biljartkeu is en stoot met een korte beweging mijn hoofd eraf. De lippen staan strak, de blikken zijn verzuurd en al wat rimpel en te veel aan vel is, hangt op de voorhoofden te fronsen. Enkel het kind blijft uitgelaten verder schetteren.

Van sommige geuren kan ik niet goed onderscheiden of ze werkelijk bestaan, of dat ze louter een product zijn van mijn fantasie. Ook de geur van woede hoort hierbij, een wrange, doordringende walm die zwarte plekken maakt en slechts bij heftige conflicten zijn volle wasdom krijgt. Hier stinkt het verschrikkelijk. Hier woekert het zwart al over de dorpelingen, maakt vegen op hun kleren en hun vooruitgestoken handen.

Clothilde heeft het hun verteld, dat lees ik in hun gezichten. Ze heeft de lippen getuit en 'Billy!' over de gespitste oren getoeterd, ze heeft het geheim toevertrouwd aan de menigte. Serge heeft haar gesteund, hij was al langer aangestoken door haar gejengel, maar zijn boerse brein dat van nature achterdochtig is voor al wat onbekend is, had nog niet gereageerd. Dagenlang heeft hij het idee verdrongen, laten bezinken, gewikt en erover getobd, maar nu, met zijn kameraden en geliefde buren vóór zich, kan hij niet anders dan toegeven aan het gevoel dat achter zijn huig zit te kloppen. Iemand heeft mogelijk een kind gedood en dat kan niet ongestraft gebeuren. Kindermoord is de hoogste misdaad, geen ander onrecht weet een volk zo te beroeren, te laten marcheren door de modder en het gras. Verontwaardigd zijn ze, de loerders en de roddelaars, de grijze goden vanonder de platanen, en dat zal ik geweten hebben, de vreemdeling, die mislukte herder die zelfs geen vliegen weet te verjagen.

En dan, door het geraas van de motoren heen, hoor ik het krommen van oude tenen en het kraken van pezen, het gerommel van leger in de verte, het landschap dat zich langzaam in beweging zet.

'AFWASMIDDEL, KEN JE dat?'

'Annette?'

'We hebben al overal gezocht, maar blijkbaar gebruik jij dat nooit.'

'Wat doe jij hier?'

'Ik help je ouders bij de vaat.'

'Ook dat nog.'

'Leuk dat je blij bent me te zien.'

Moeder heeft alles wat ik aan servies, bestek en kleine spullen in huis heb voor haar op het aanrecht gezet en is druk doende om de hele handel onder de kraan schoon te spoelen. Naast haar staat vader met een keukenhanddoek op de schouder te wachten om af te drogen, waarbij hij afwisselend een blik werpt op zijn bezige vrouw en op het heen en weer hobbelende lichaam van Annette.

Mijn ouders spannen zich in om haar hier in de keuken te aanvaarden, op dezelfde manier als ze dat doen met het stof op de kast, de matras op de vloer, de vliegen rond de lamp of de afwezigheid van afwasmiddel. Ze hebben zich goed geoefend om niet betweterig te zijn, om geen commentaar te leveren op het leven dat ik wil leiden. Het onuitstaanbare lawaai buiten, die geur van schapenurine rond het huis, het hondenhaar dat hier overal rond waait en dat na twee zinnen te hebben gesproken ook tegen je verhemelte plakt, dat hoort er allemaal bij. En dat ik dat vriendelijke meisje met de rode haren heb ingeruild voor deze vulgaire postbeambte, tja, dat moet ik dan maar weten.

En dus staan ze daar wat zenuwachtig te gniffelen om Annettes uitlatingen en ruimen ze de rommel op die ik al maandenlang heb opgespaard. Af en toe kijken ze me aan en knikken dat het goed is, dat ze aanvaarden wat er is, dat ze het allemaal zo erg niet vinden en dat ik niet ongerust hoef te zijn. Ik knik terug en glimlach onwennig: dit is niet wat het is, wil ik eigenlijk zeggen, niet wat ik wil of waar ik voor heb gekozen. Ik woon hier in alle rust, dat heb ik hun aan de telefoon verteld en zo is het ook altijd geweest. De hel die zich vandaag aan hen openbaart, die zie ik ook nu pas voor het eerst.

ZE ZIJN NU vlakbij. Door de stilte die weer dik en loom over de vlakte is neergezegen, hoor ik de piepende longen, het gekriep van valse tanden en gerinkel van antieke sieraden die als boksijzers om de vuisten worden gelegd. De geur van oude mensen hangt laag rond het huis en het zwart van de woede slaat tegen de voordeur aan. Het halve dorp staat op het erf. Tijdens de race zijn ze voet voor voet hierheen geschuifeld. Met de grijze schaduwen is ook het hele schildpaddenplein in beweging gekomen. Ik weet niet met hoeveel ze zijn, daarnet hooguit een tiental, maar de dorpelingen stromen al de hele dag naar deze plek. Door de stalmuur heen zie ik de roodaangelopen gezichten, tot kokens toe verhit door het ingehouden zwijgen.

De wedstrijd is intussen afgelopen, de laatste auto's uitgeraasd. Ik heb het gejoel gehoord waarmee de winnaar werd gekroond, het spuiten van schuimwijn en het kussen van vurige lippen. Ik hoorde door de zandstenen heen het handgeklap, de felicitaties en de woede van de verliezers in deze strijd. Even herkende ik in de verte de stem van Marco, die iedereen bedankte om mijn weiland te verkloten en de dame van de bank in het bijzonder, dat ze haar centen in zijn race en niet in de schaapskudde had willen investeren. Er werd gedronken en gezongen en nog een keer op worsten getrakteerd. Was dat Clothilde niet, die op de schouders van de beste piloot een triomftochtje mocht maken, terwijl ze met haar handen als een toeter voor de mond haar versie van het volkslied ten beste gaf?

En dan, van de ene tel op de andere, werd alles stil. Het gekweel verstomde, het gebabbel en gejoel in de wei werd gesmoord en maakte plaats voor al die kleine geluidjes, die samen het angstaanjagende geluid vormen van een hoop mensen die krampachtig hun best doen om toch maar geen geluid te maken.

Mijn ouders lijken zich van geen onheil bewust en zitten nu gezellig bij een kopje koffie aan de keukentafel. Zelden heb ik twee mensen zo hun best zien doen om iemand aardig te vinden die ze op het eerste gezicht helemaal niet zien zitten. Gedurig worden er knipoogjes naar me geworpen of pogingen ondernomen om me in het gesprek te betrekken. Annette kakelt honderduit. Vader lijkt al behoorlijk op zijn gemak. Moeder doet moeite, maar het trillen van haar handen vertelt het tegendeel. Het is een onwezenlijk beeld: de dreiging klemt als een stolp om deze stal en dit triootje zit hier grapjes te maken. Ze doen zó erg hun best dat het pijn doet.

'Hé, is het daar afgelopen?' vraagt vader en komt overeind om buiten een kijkje te gaan nemen.

'Blijf zitten,' zeg ik bazig. 'Het is gezellig zo.'

'Ja, Arne,' springt moeder bij. 'Nog koffie?'

'Graag!' jubelt Annette en duwt snel als eerste haar kopje onder de kan.

Ik pak een stoel en ga bij hen aan tafel zitten. Het heeft geen zin, ik weet het, zo meteen gaat de voordeur er sowieso aan en stroomt het grijze gekreun mijn leefhok binnen, klaar om te grijpen wat er te grijpen valt. Nog even hoop ik dat het allemaal niet echt gebeurt. Dat ik hier alleen aan tafel zit te drinken en dat het allemaal maar dronken beelden zijn, boze dagdromen die door mijn hoofd spelen, me verdwazen en plagen met dat wat ik zo heb willen vermijden.

Ik kijk Annette aan en zij draait me een tongzoen met haar ogen. Ik kijk naar vader en hij bevestigt met een droge knik dat hij het wel degelijk is. Ik kijk naar moeder, wat onwennig wiebelend met haar veel te rode lippen en dat ongeverfde haar. 'Ik ben je eerste vrouw,' lijkt ze te willen zeggen. En ook: 'Ik heb altijd het beste met je voorgehad.' Ondertussen grabbelt ze in haar handtas naar een pakje dropjes, dat ze vervolgens leeggiet op een dessertbordje en neerplant in het midden van de tafel.

'Hier, tast toe.'

'Lekker!' trompettert Annette en duwt meteen drie van de dropjes achter haar kiezen.

Ik hoor verhalen die ik niet kende, waarvan ik nooit vermoedde dat ze schuilgingen in het postmeisje. Ze heeft het niet echt makkelijk gehad, dat wist ik intussen wel, maar dat ze als twaalfjarige puber in het dorp verzeilde na de dood van haar alleenstaande moeder en zich met huishoudelijke klusjes hier en daar staande hield, heeft ze al die tijd verzwegen. Of dat ze kleurenblind is – verklaart dat haar opzichtige kledij? En, daar schrik ik echt van: ze blijkt een stuk jonger te zijn dan ikzelf, en dat terwijl iedere nietsvermoedende passant haar minstens dertig jaar zou geven. Misschien is ze het niet gewend dat mensen vriendelijk tegen haar zijn, denk ik dan, en kabbelt ze daarom zo achter me aan. Als mijn ouders zo graag willen geloven dat zij mijn nieuwe liefde is, laat ik ze maar in die waan. Dan ben ik meteen van het hele ik-ken-nog-wel-een-meisje-gezeik verlost.

Het rommelen voor de deur zwelt aan, wrijven wordt ritmisch handgeklap en tongen klakken oorlogszuchtig tegen de tanden aan. Het is warm hierbinnen, maar nu kan er geen raampje open. Hun hete adem schroeit de stal plat, denk ik, en voel hoe ik begin te druppen van het zweet. Ik meen heel zacht te horen hoe Serge iets tegen de bejaarden fluistert, een waarschuwing of een bevel, en is dat schriele piepje rechtsachter Clothilde niet, die probeert om op de tippen toch wat van het spektakel mee te pikken?

Ik kijk door de muur heen en zie hoe Marco nadert. In zijn ene hand houdt hij de barbecuetang, in de andere een pook om biggen te braden. Als een majorette laat hij de ijzeren staven ronddraaien in zijn handen en dat tovert lichtpuntjes in de donker geworden ogen van de dorpelingen. Ze wachten nog op iets of iemand, denk ik. Zou Clozzet ook in de buurt zijn? En Mobe, die goede vriend, staat zelfs hij buiten te staren naar de lynchpartij die zich zo dadelijk zal voltrekken? Heeft hij partij gekozen voor het dorp of voor mij, de vreemdeling, de ambitieuze loser die de dierenartspraktijk door zijn onkunde al een aardige duit heeft opgeleverd?

Ik zie hoe de gelederen zich sluiten, hoe ellebogen in elkaar worden gehaakt, klaar voor het signaal. Dan begint Serge laag te brommen. Het gebrom verspreidt zich over mijn belagers, over besjes en gepensioneerden, over petanque-artiesten en kaartleggers, over roddelaars en koppelaars, over betweters en idioten die nooit een stap buiten het dorp hebben gezet. Ik voel hoe het ronken van hun stemmen zich doorzet in de muren, in de welvingen van het plafond, in de bakstenen vloer en in de tafel waarop de dropjes nu onheilspellend op het bordje beginnen te rammelen. Ik loop naar het aanrecht en wrijf met een natte handdoek over mijn hals.

'Gaat het?' vraagt moeder terwijl ik voel hoe een enorme afstand tussen ons groeit.

'Wat heeft hij nu weer?' gromt vader. Ik herken het zoemen van het dorp in het trillen van zijn woorden.

'Laat me met rust,' zeg ik.

'Alaas Alaas,' hoor ik Annette zingen. 'Alaasje, toch, ik ben bij je.'

Ik voel een paar handen op mijn schouders en ik herken ze als die van mijn moeder. Ik voel een paar handen om mijn buik en dat is Annette. Zo sterk als die grote schoppen, zijn enkel die van mijn vader. Drie paar bezorgde handen die me voorzichtig weer naar de keukenstoel geleiden.

Iemand heeft de strobalen van voor de stal weggeschoven en het hek geopend, dat weet ik zeker. Ik hoor hoe honderden hoefjes zich mengen tussen het volk, hoe vachten en oude mannenkostuums langs elkaar wrijven, hoe ramskoppen zich een weg bonken over het volgestouwde erf. Eén schaap in paniek en de hele bende gaat door het lint. De twee legers, het zwarte en het grauwe, mengen zich door elkaar, trappen elkaar omver. Ik zie hoe Marco zijn troepen schouwt, hoe hij zijn generaal Serge zijn orders geeft, de bajonetten en speren horizontaal laat kantelen zodat ze moeiteloos de schapenkelen zullen spiesen. Dat wordt straks een pracht van een barbecue, denkt hij vast. Zo veel vers vlees en dat helemaal voor niets.

'Moordenaar!' scanderen ze in koor en heffen de gebalde vuisten hoog in de lucht. Het recht ligt hier in grijze handen.

'Kinderbeul!'

En ik spring recht en schop en gil en duw vaders en moeders en opdringerige vrijsters opzij en struikel bijna over mijn eigen voeten. Het hele huis staat te dansen van het geraas op het erf. Vader en moeder en Annette willen me vasthouden, maar ik hamer hen weg zodat ze weten dat ik mezelf wel zal redden. Dat ik niemand nodig heb, behalve misschien mijn hond. Waar zit Gino? Rothond. Waar ligt dat beest? Ik schreeuw zijn naam en hij geeuwt eens diep, krabbelt uit zijn slaapmand overeind en komt kwispelend mijn richting uit.

'Hoe kan je hier nu liggen slapen!' zoiets blaf ik in zijn oor en wil hem een dreun geven, maar krijg er zelf een van mijn vader die hardhandig probeert me weer op de stoel te krijgen. Nu is het hierbinnen ook oorlog, een slagveld van vier mensen die tegen elkaar gillen en alle zenuwachtigheid van de voorbije uren in elkaars gezichten donderen. Ik wil naar buiten. Ik moet naar buiten. De schapen! Ze hebben de weide vernield, maar de beesten zullen ze niet krijgen, ziek of niet ziek, die beesten zijn van mij. Daar zullen ze niet aan raken. Mij krijgen ze kapot, maar van de beesten blijven ze af.

Ik kieper mijn vader omver en sleur Gino aan het nekvel naar de deur. 'Kom maar op! Ik ben er helemaal klaar voor!'

Als ik de voordeur opentrek, gebeurt het: tussen het gedaver en gebeef stijgt een snerpende fluittoon op, gevolgd door het gieren van banden en een groot gevaarte dat razendsnel op me af komt gestormd. Een stofwolk ranselt mijn vel. Ik hap naar adem, maar krijg geen zuurstof binnen.

Daar, de schapen stuiven in paniek uit elkaar. Ze blaten alsof ze worden gekeeld en ik hoor het gereutel in hun magen voor ze door de te grote spanning openspatten. Door het zwart heen zie ik geen afzonderlijke mensen, maar wel één dolgeslagen lichaam met een stel bijtende ogen en opengesperde mond, die brult en gromt als een opgefokte motor.

Klapp! Die Falle zugemacht!

Een donderslag, het verbrijzelen van ramen, muren die naar beneden storten, dakpannen die tegen de grond kletteren en overal stemmen die huilen en krijsen en zalven en elkaar tot stilte slaan. Enkele tellen sta ik te midden van het neervallende puin te wankelen. Een korte pijn voel ik nog, een moker in mijn nek en dan wordt alles donker.

Klapp! Die Falle zugemacht!

Als een geschoten dier zak ik op de grond. Het landschap explodeert in mijn gezicht.

Spagaat

DEZE PLEK PAST me als mijn jeugd. Ik hoor geluiden van vroeger tegen de wanden bonzen. Ik zie oud licht met kromme rug door het raam klauteren. Ook de fijne stof op mijn huid ken ik wonderwel. Er is iets mis met de tijd. Dit klopt niet met hoe ik tot nog toe heb geleefd. Iemand heeft me een van de pyjama's aangetrokken die ik als tiener droeg en daarna in dit bed te rusten gelegd. De plekken op deze matras heb ik veroorzaakt en op het nachtkastje naast het hoofdeind zit een verfomfaaide pinguïn die ik jaren geleden uit dit bed heb verbannen.

Ik adem in, adem uit, adem in en laat de lucht zo diep mogelijk binnenstromen. Dit is een van mijn meest vertrouwde geuren, ook al zou ik me hem op een andere plek nauwelijks kunnen herinneren. Vroeger ruikt naar warme peren en met spenenzalf ingevette handen. Ik hoor gestommel in de keuken onder me en weet dat het moeder is die de vaatwasser leegmaakt. Als ik me inspan kan ik horen hoe ze glas voor glas, kopje voor kopje, uit de machine haalt, er nog snel met een handdoek over wrijft en dan in rijtjes van drie in de hangkast zet. Er klinken meerdere stemmen daar beneden. Die vogelkreet hoort bij mijn zusje. Lize herken ik zelfs door een betonnen vloer als deze. Ik blijf een tijdje ingespannen luisteren. Ik denk niet dat vader erbij is. Misschien werkt hij in de tuin of is hij met de wagen uitgereden om een brood te kopen.

De ijzeren hoefslag van paarden op asfalt. Het zijn er twee denk ik, een groot en een klein. Ik probeer me de gezichten voor de geest te halen die ik hier ooit te paard voorbij het huis heb zien sjokken. Er was een jong meisje bij dat tijdens het rijden aanstootgevend soepel op en neer bewoog, terwijl ze haar loshangende haren met zwierige slagen uit het gezicht probeerde te houden. Ze wist dat ik iedere zondagochtend door het badkamer-raampje aan de straatkant naar haar zat te gluren. Ik was vergeten dat je van hieruit ieder uur twee kerktorens met elkaar in de clinch kon horen gaan. Ik zie ze al aan de touwen bengelen, de priesters en diakens, hoe ze met het hardhandig gezwengel zekerheid over hun zielenheil uit de hemel willen rukken.

Ik wil me op mijn zij rollen, maar mijn lichaam wil niet mee. Alles is stram en verkrampt aan me en ik kan mijn armen nauwelijks bewegen. Ik concentreer me op de kootjes van mijn tenen en voel dat alles op zijn plaats zit. Ik glijd in gedachten langs enkels, knieën, bekken en navelputje naar boven. Alles is er nog. Alleen krijg ik er amper beweging in. Naast de pinguïn staat een glas water. Ik forceer mijn arm in die richting, voel hoe alles knarst en bijna barst door de inspanning. Dan heb ik het te pakken en verplaats het naar mijn mond. Liggend kun je niet drinken, denk ik. Hoe stom. Opnieuw beweeg ik het glas traag naar het kastje, zet het neer en leg dan mijn hand naast me te rusten. Ik hijs dit lichaam op, dat niet mijn lichaam lijkt te zijn, maar een onwillig voorwerp. Het lukt om op mijn ellebogen te steunen en me zo tot in een zithouding te dwingen. Ik grijp opnieuw het glas. Mijn lippen zijn aan elkaar verkleefd. Als ik ze nu opensper, zijn het twee open wonden. Ik doop twee vingers in het water en bevochtig mijn mond. Langzaam streel ik hem open. Ik drink eerst met kleine slokjes, dan sneller en met vollere teugen tot de hele inhoud van het glas door de slokdarm is verdwenen.

Beneden wordt gelachen. Ik hoor nu de bas van vader die de keuken binnen komt lopen. Het gekletter van bestek en kookpotten op het aanrecht, het zachte suizen wanneer de spoelbak wordt gevuld, het rustgevende gekabbel van stemmen die het goed met elkaar lijken te kunnen vinden. Lang geleden waait binnen. De avonden met schoolwerk aan de tafel voor het raam, het stugge tapijt waarop ik zo vaak heb liggen piekeren, het denken aan wat komen zou en wat noodzakelijkerwijze zo zou lopen als ik het had gepland. Het nu, waar is dat gebleven? Alsof ik achterwaarts heb geleefd en weer moet herbeginnen waar ik een jaar of tien geleden was geëindigd. Ik breek mijn hoofd open. Ik probeer me te herinneren hoe ik hier terecht ben gekomen.

Ik ruk, opgedraaid door het gepraat van mijn ongevraagde bezoek en de ondraaglijke spanning buiten, de deur van de woonstal open. Op dat moment moet Laos gewacht hebben, want tussen het openschuren van de deur en de inslag van haar wagen tegen het gebouw, zaten maar luttele seconden. Haar blik sneed door alles heen. Haar ogen regen zich vast aan de mijne en trokken haar en de racewagen die ze bestuurde, met grote vaart mijn kant uit. Ze droeg een helm en zo'n zwart lederen pak en toch was het onmogelijk om haar niet te herkennen. Ze kwam uit het wegje geschoten, draaide het erf op, de schapen en bejaarden – als die er waren, want daarin lijken de verschillende versies van de feiten elkaar tegen te spreken, alsof ik de enige ben die hen heeft gezien – stoven uit elkaar en toen knalde ze het racevoertuig recht in mijn gezicht. De wanden van de stal barstten, het gewelfde plafond verzakte, de wandkast ging tegen de grond en alles wat glas of breekbaar was, sprong in stukken uit elkaar. Daarop verloor ik het bewustzijn en plooide dubbel op de grond. Het laatste wat ik me herinner zijn de angstpiepjes van Gino en dan het gegil van Annette en mijn moeder – o Alas! Alaasje toch!

Omdat ik wou beminnen, daarom ben ik weggegaan. Omdat ik weer in alle eerlijkheid wou leren liefhebben en opnieuw van mensen zou kunnen houden. Ik heb het lang genoeg geprobeerd. Jarenlang heb ik me in de mensenmassa gestort, met open armen er doorheen gezwalpt, met een hart klaar om te omhelzen en bereid om innig omhelsd te worden. Lijf aan lijf heb ik genoten, me laten volstromen met lief bedoeld gewauwel. Nacht na nacht heb ik me overgegeven aan grijpgrage handen en me gewenteld in wellust. Ik ben attent geweest, heb verjaar- en andere feestdagen onthouden en was zelden echt brutaal. Ik heb vriendschappen gesmeed en in vrede weer ontbonden. Ik was bescheiden waar het kon en heb opgeschept als dat van me verwacht werd. Geweld heb ik waar mogelijk vermeden. De hoerigheid waarmee verlangens worden ingeruild voor aanzien, heb ik als een spel aanvaard. Ik ben zo goed ik kon een mens geweest onder de mensen.

Ik kan mijn armen nu al wat beter bewegen. Ik til ze elk om beurten op en neer en vouw ze tot tegen mijn borstkast. Dan trek ik mijn benen zo hoog mogelijk op, tot de knieën wel moeten buigen en mijn bekken kantelt. Nog hoger pers ik ze, tot ik mijn buik tegen de bovenbenen voel drukken en sla dan mijn armen eromheen. Ik rol door op mijn zij. Zo blijf ik liggen. Een foetus op het droge.

ZE HEBBEN BILLY gevonden. Hij was een jongetje van één jaar en half en lag verborgen in het hoofd van Clothilde. Ergens tussen hersenvlies en schedelwand zat hij geprakt en het blonde wichtje vond dat blijkbaar best spannend. Ze heeft alles aan de politie verteld. Laos was de moeder, zo heeft ze tegen de rechercheur gezegd. En de vader, tja, dat ben ik. Of liever: vader en moordenaar tegelijk, want dat laatste weet iedereen intussen. Die avond na de race, enkele uren nadat Laos haar racewagen in de stalmuur boorde en ik volkomen ingestort op de achterbank van mijn vaders wagen eerst naar de kliniek en dan later naar het huis van mijn ouders werd gebracht, hebben ze het wichtje ondervraagd.

Clothildes grootste wens was een broertje, heeft ze gezegd. Zo'n dreumes die ze als haar baby kon kleden of in een koetsje voort kon duwen en die ze als ze hem beu was makkelijk omver kon gooien. En het is mijn schuld dat ze dat broertje nooit heeft gekend, dat heeft Laos haar verteld. Door mijn brute gedrag heeft Laos geen kind en dus geen stiefbroertje voor Clothilde. Ik heb mijn uit kinderfantasie geboren zoontje vermoord voor het ooit werd gebaard, maar dat was bijzaak voor Clothilde.

Had Laos het me toen maar in mijn gezicht gesmeten.

Had ik toen maar geweten dat er geen weg terug meer was, dat de natuur het zo had beslist, en ik had me er vast bij neergelegd. Misschien zou ik er na enkele dagen blij om zijn geworden, wie weet zelfs een tikje trots. Misschien had ik er na een tijdje om gelachen, zwangerschapsboeken gelezen en kleertjes gekocht, zenuwachtig voor de dag dat ik zelf rillend van zenuwen aan haar kraambed zou staan. Misschien had ik na enkele weken al met een kussentje staan oefenen om de baby voorzichtig op te tillen en zocht ik recepten bij elkaar om toch maar de meest voedzame fruitpap te bereiden.

Geen woord heeft ze gezegd, niet toen het kind nog gezond tegen haar buikwand sliep, niet toen het enkele maanden later in de instelling na aanhoudende aanvallen van hysterie, voortijdig uit haar baarmoeder werd gedreven.

Misschien heeft Clothilde wel gelijk, wie zal het zeggen? Had ik Laos die laatste nacht voor ze in het hospitaal werd opgenomen, niet zo hardhandig de keel gesnoerd, had ik misschien echt een zoon gehad. Want een zoontje zou het worden, zo hadden de dokters na de miskraam in het bloederige hoopje drab ontdekt.

MOBE HEEFT EEN opgezette marmot meegenomen als cadeautje. Die heeft hij helemaal zelf in elkaar geknutseld, zegt hij. Het eerste beest zonder hulp van zijn vader. Er is een oor af, merk ik op en Mobe verontschuldigt zich, want dat heeft hij er vanochtend nog per ongeluk afgeknepen, toen hij een van de oogjes wilde recht plakken dat scheef was weggezakt. Mobe heeft zich geschoren voor dit bezoek in het huis van mijn ouders. Hij draagt een net hemd en ruikt naar aftershave, dat ben ik niet van hem gewend.

Ik ben in de kelder enkele flesjes bier gaan halen, die we naast elkaar op mijn bed leegdrinken.

'Het spijt me,' zegt Mobe. Er zit een ernstige plooi in zijn wenkbrauwen.

'Wat bedoel je?'

'Wat er is gebeurd.'

'Daar heb jij toch niets mee te maken.'

'Ik had iets kunnen doen.'

'Ach, nee.'

'Ik zag het aankomen en heb niets gedaan.'

'Trek het je niet aan.'

'En nu zit je hier thuis. Ga je hier blijven?'

'Nee.'

'Kom je terug naar het dorp?'

'Ben je gek?'

'Ik blijf er ook niet. Ik ga naar de stad.'

'Mobe in de stad?'

'Ik kan daar niet meer leven.'

'Je had het toch goed, bij je vader.'

'Ik ben veranderd.'

'Dierendokters in de stad mogen dwerghamsters steriliseren, meer niet.'

'Ik zie wel wat ik doe. Nu wil ik weg.'

Ik sta op van het bed en zet de marmot naast de speelgoedpinguïn op het nachtkastje, een tikje naar elkaar toegedraaid, zodat ze elkaars verminkte lijf kunnen bekijken. Buiten hangt een wolk spreeuwen laag boven de tuin. Ze slaken schrille kreetjes en buitelen in groep over de daken. Hier en daar strijken ze even neer op een nok of in een boom. Nog voor de laatste goed en wel de pootjes in balans heeft gebracht, zijn ze alweer vertrokken. Soms valt de vlucht helemaal uit elkaar, om even later weer als een blinkend legertje te verzamelen. Als ze achter de betonplaten zijn verdwenen die deze tuin van die van de buren scheidt, klinkt er een schot. De vogels fladderen alle kanten uit, stoten met de bekken tegen elkaar of ploffen voor dood op de grond. Een tweede schot volgt en een derde en overal dwarrelen pluimpjes. De spreeuwen spurten zo snel mogelijk tot achter de horizon.

Het is bijna winter: kille wind en vetbollen in de takken, de geur van rotte bladeren en de belofte van witte luchten en ijsbloemen op de ruit. We lopen naar beneden, de tuin in. Daar zetten we ons neer op de houtstapel. Binnen wordt niet gerookt. Nu ik weer een tijdje bij mijn ouders woon, heb ik me naar hun regels te schikken. En zelfs al zeg ik graag dat ik niet rook, toch neem ik een sigaret aan van Mobe en weet ervan te genieten.

'In de stad wonen de meisjes,' zegt hij terwijl hij zijn rokende hand met een sierlijke zwaai naar de lippen brengt. 'En wie wil er nu niet zijn waar de meisjes zijn? Ga mee Alas. We zien wel wat er komt.'

'Ik weet het niet. Het gaat wel hier. Ik heb ginds een kudde schapen. Zoek jij een geschikt appartement?'

'Serge verzorgt ze. Hij wil je weiland kopen, heeft hij gezegd. En Annette heeft zich over je hond ontfermd.'

En toch had het wat kunnen zijn: Alas de schaapsherder, heel alleen gelukkig met zichzelf en die keutelende bende. Nu, ja, of dat heb ik toch altijd geloofd. Sinds de vliegen zich op hun vachten hebben gestort, weet ik wel beter. En in de winter zo'n kudde in conditie te houden, is ook geen lachertje. Ik zal ze niet missen. Ik ben ze al bijna vergeten. Die dieren waren deel van de plek waar ik woonde. Met het landschap zijn ze weer uit mijn leven verdwenen. Net als de grijsaards op het plein: ze betekenen niet meer voor me dan de platanen of het tikken van de petanqueballen in het zand. Ook Serge is niet meer dan een verre herinnering en onlosmakelijk met die godvergeten plek verbonden. Eigenlijk zou ik moeten toegeven dat het zelfs met Mobe bijna zo was gelopen. Hij maakt deel uit van het ginder, terwijl ik hier lag te woelen over hoe het verder moest.

Enkel Laos heb ik altijd als volkomen onafhankelijk van enige plek of tijd beschouwd. Haar had ik overal kunnen ontmoeten, was het niet in de balletschool, dan vast enkele weken later op de tram of ergens in een museum. Hoe komt het dat sommige mensen zich vastvreten in je hoofd, terwijl anderen, de toevallige voorbijgangers, de figuranten, de onbestemde lijven die de straten vullen, wegwaaien zodra de blik is gekeerd?

'Ik heb gespaard,' zegt Mobe. 'Ik wil geen geld van mijn vader.'

Mijn geld, denk ik. Dat heeft hij aan mij verdiend.

'We zouden samen een flat kunnen delen, dan is het in de stad best betaalbaar.'

Moeder steekt haar hoofd door de tuindeur en roept ons naar binnen. Ze heeft een stapel flensjes gebakken en wil het gezellig maken. Ze is blij dat haar verloren zoon is weergekeerd. En Mobe is welkom om mee te eten. Ik moffel de sigarettenpeukjes onder een hoopje bladeren, alsof mijn ouders het niet mogen weten. De leeftijd waarop je een bepaalde plek het intensiefste hebt beleefd, blijft toch bepalend voor hoe je je er later zal gedragen. Ooit heb ik hier talloze sigarettenpeuken onder de compost vermengd, en nu doe ik geen moeite om dat achterbakse weg te werken.

'Denk je erover na?' zegt Mobe.

'Dat zal ik doen,' zeg ik en weet dat ik alweer een halfzacht antwoord heb gegeven, me weerom zal laten meevoeren in de dromen van een ander, terwijl de mijne zelf nog nauwelijks zijn opgeklaard.

Als we bijna aan het huis zijn, klinkt opnieuw een schot. De lucht komt in beweging. De bulderlach van onze buurman mengt zich door het krijsen van de spreeuwen, het onkruid onder de vogels. Nog een schot en nog één en paniek alom boven onze hoofden. Mobe lijkt het nauwelijks te merken, maar ik draai me om en staar naar omhoog. Wie goed kan kijken, krijgt hier op aarde veel te zien, dat denk ik, want ik weet dat sommige vogels gewoon vogels zijn, terwijl andere niet zo vrijblijvend door het leven komen fladderen.

DIT IS DE provinciebaan die van het huis van mijn jeugd kronkelt tot aan de stad. Ik loop naar het westen, links liggen geploegde velden waar door smalle huizenrijen grote vierkanten zijn ingesneden; rechts het bos, een vochtig broek met kapklare populieren en elzen aan de rand. Voor me ronkt de stad, als een tevreden kat in een bolletje gerold. Ik loop het hele eind te voet, stap stevig door, de stap van een wandelaar die weet waar naar toe.

Ik spring de berm af en loop het bos in. In een mum van tijd staan mijn schoenen vol water. Het is winter en hier ren ik met natte voeten door het drassige reservaat. Als ik stil houd en heel goed luister hoor ik de stemmen in de stad, het gekakel en gesnauw, gelach en getater van al die duizenden mensen op een hoopje gestouwd. Alleen op het land is me niet gelukt, thuis bij zijn ouders kan een man niet blijven en in de stad word ik onnozel van al die andere mensen.

In dit bos span ik de oren zo wijd mogelijk open en laat de geluiden van de nacht binnenvloeien: het ritselen van kevers, het wuiven in het gras, de plof van een braakbal die uit een uilenbek tussen de varens stort, het ijle gepiep van vleermuizen, een wegspurtend konijn als een rukwind over het mos. Hier wil ik blijven, denk ik, en ga tegen een boomstam hangen. Hier is het goed om voorgoed alleen te zijn. Ik duw mijn rug strak tegen de populierenbast. Zo glijd ik langzaam naar beneden en schuur mijn schouders. Nog even en ik ga languit in de modder, dat denk ik, maar doe het niet. Want daar waaieren kleine lichtjes aan de rand van het bos. Ik hoor het snuffelen van honden en het gemompel van de jagers die niets ontzien en alles schieten wat beweegt door dit winters moeras.

Mijn voeten maken plassen op de betonbaan als ik verderga. Veel auto's zijn er niet en hier, waar de straatverlichting nooit in werking werd gesteld, slaat het donker de contouren van het landschap plat. Daar, tussen de wolken die gejaagd door de hemel glijden, strekt Orion zich uit, de krijger in de nacht. Sommige gevoelens zijn overal thuis, hebben geen eigen plek nodig om achter in de keel omhoog te ploppen. Ik draai me naar dit sterrenbeeld en wacht tot de laatste wolken het als plukken staalwol helemaal schoon en glitterend hebben gewreven. Het lijkt weer zo lang geleden, dat ik nog met Orion heb gepraat. Wanneer was mijn laatste gebed? Ik denk aan die nacht, midden in het weiland, alleen in de vlakte, en weet het weer: de lucht hangt vol liefde en als ik ze wil, heb ik ze maar te plukken.

Ik zuig de kille avondlucht naar binnen. Dan zwier ik de armen open, pomp mijn borst vol: voor de liefde die veel is en vloeibaar en ons overal omringt. Voor de liefde die zacht is, langs harten strijkt, naar binnen glijdt en door mensenlijven trilt. Voor de liefde als een landschap, waar mensen doorheen dwalen, zich te rusten leggen en doezelen, sporten en hinkelen, eten en geliefd worden. Voor de liefde als een lang gedicht met lege plekken en onafgewerkte zinnen, met plaats tussen de regels en altijd weer een open einde.

Bij dit gebed hou ik mijn broek aan, want ik heb nu geen zin om te neuken. Ik krijg weer zin om te beminnen en dat is iets anders.

Ik loop verder in de richting van de stad en zoek de plek waar Laos werd grootgebracht. Kilometers marcheer ik met een doel voor ogen en het deert me niet dat de wind bijt, dat er natte sneeuw in mijn gezicht regent en dat mijn hele vel bevriest. Daar is de stad en net binnen de rand van die stad staat het huis waar ik nog ben geweest.

In mijn herinnering is het veel groter dan het is. En in mijn hoofd staat het verborgen achter heesters en een treurwilg. Nu zie ik een gewoon huis in een doordeweekse straat en ik word plots bang dat ook het hele interieur met die grauwe, overhellende wanden en de kapotte lampjes in de luchter niet zal beantwoorden aan hoe ik het me voorstel. Dan zie ik Marco's wagen een eindje verder in de straat staan. Tegen de achterruit hangen roze zonneschermen met lachende dieren en de hele binnenkant lijkt volgehangen met veelkleurige linten en ballonnen.

Als ik twee huizen van de voordeur verwijderd ben, buk ik me en wrijf mijn schoenen schoon. Dat trekje zit in de familie; met vuile schoenen ga je nergens op bezoek. Ook vouw ik het onderste randje van mijn broek omhoog, zodat ik de moddersporen van het bos toch een beetje verstop. Dan lik ik speeksel op mijn handen en krul mijn haren in natte slierten achter de oren.

Ik kom om te beminnen, dat herhaal ik keer op keer als ik de smalle trapjes naar de deur opga en met een bevende wijsvinger op het belknopje druk. Niemand kan weerstaan aan deze liefde, die vlug en veel is en ons overal omringt.

BEHALVE MISSCHIEN CLOTHILDE. Het blonde wicht staat breeduit te grijnzen als ze de voordeur openrukt. In haar haren blinkt een ouderwetse speld van het model dat Laos' moeder droeg bij mijn vorige bezoekje. Dan zie ik dat iemand kwistig met schmink over het kindergezicht is gegaan, een vleugje groen op de oogleden en glittergoud op de lippen. Even staart ze me aan met die franke smoel en rent dan naar binnen om versterking te halen. Enkele tellen sta ik daar, aan mijn lot overgelaten, voor de open deur van huize Laos wat onwennig te wiegen.

Ik weet dat ze hier is. En Marco en het kind zijn erbij. Om nu rechtsomkeer te maken is het te laat. Een reden, heb ik een reden voor mijn bezoek? Een gebaar van verzoening, dat zou ik kunnen zeggen. Dat ik iedereen opnieuw de hand wil reiken en het hele gedoe van de voorbije jaren begraven. Aha, meneer wil doen alsof er niets aan de hand is, zullen ze roepen en me dan de hele waarheid nog eens onder de neus duwen, als gif rechtstreeks in mijn aderen spuiten.

Clothilde vraagt of ik even binnen wil komen. Ze speelt de rol van gastvrouw met veel overtuiging en legt uit wat van mij wordt verwacht: eerst voeten vegen, dan mijn natte jas aan een kapstok in de vestiaire hangen en vervolgens even in de spiegel kijken of mijn haar wel goed zit. Voor haar lijkt het een nieuw rollenspel, alsof ze dat van moordenaar en slachtoffer allang weer is vergeten.

'Stink ik nog?' vraag ik.

'Daar staat een flesje geurwater naast de wastafel,' zegt ze. 'Eigenlijk is het alleen voor moeders, maar ik zal het niet verklappen.'

'En?' vraag ik opnieuw als ik een druppeltje van het vocht op mijn polsen heb gewreven.

'Ik wil ook wat,' zegt ze en ik neem haar handen en breng er voorzichtig enkele spatjes op aan, net als in haar hals en op het plekje waar ooit haar decolleté zal zitten.

Als ik de woonkamer binnenloop valt, na een ingehouden gilletje van Ria en een eerste tafelklop van Gerald, de hele wereld stil. Marco ligt languit in de fauteuil met een glas cognac in de ene hand en een sigaar in de andere. Alleen van Laos is geen spoor te bekennen. Even sta ik in de deuropening te apegapen naar dit versteende tableau, dan kuch ik zachtjes en murmel een schuchter 'goedenavond samen'. Omdat elke reactie uitblijft zet ik enkele stappen naar binnen en probeer het nog eens: 'Dag Ria, dag Gerald, dag Marco.' Gelukkig is Clothilde er nog om me uit de benauwde situatie te redden. Ze pakt me bij de hand en sleurt me tot vlak voor Ria, die een tweede, nu wat uitgesprokener gilletje slaakt.

'Niet bang zijn, oma,' zeg Clothilde. 'Hij heeft parfum

op. Nu stinkt hij niet meer.' Ze is het dus toch niet vergeten, het rotkind.

'Hallo,' murmelt Ria. Gerald is duidelijk niet gerust in de situatie en komt behoedzaam dichterbij.

'Je hebt hier niets meer te zoeken,' zegt hij nors, waarbij zijn hoge stem overslaat van de spanning. 'Ga weg.'

'Ja,' zegt Ria. 'Laat ons met rust.'

Nu toont ook Marco enige interesse. Hij plooit zich overeind en gaat wijdbeens in de fauteuil zitten. Met lange halen blaast hij rook in mijn richting en klakt daarbij af en toe dreigend met de tong.

'Laat hem, ma,' zegt hij tegen Ria.

Ma? denk ik. Wat is dat voor een kleffe boel?

'We gingen het er niet meer over hebben, lieverd,' zegt Ria en kijkt daarbij bevestiging zoekend naar haar echtgenoot, die bezig is zichzelf een glas cognac in te schenken.

'Wil je ook?' vraagt Gerald en even weet ik niet van wie hij een antwoord verwacht.

'Geef het hem,' zegt Marco bemoedigend. 'Hij ziet lijkbleek.'

En zo schuif ik dan toch aan rond de eettafel en voel hoe het hele meubilair begint te trillen als ik mijn hand op het marmeren blad laat zakken. Zijn dat de muren of is dat de airconditioning die ik zo hoor brommen? En het getik tegen de ramen, is dat de regen of zijn dat de spreeuwen die tegen het glas fladderen, klaar om binnen te breken als dat nodig blijkt? Gerald is veel dikker geworden sinds mijn vorige bezoek en zijn neus zit vol kleine adertjes van het drinken. Ria lijkt fysiek niet erg veranderd, maar de schichten die haar mond voortdurend in vreemde hoeken dwingen, wijzen niet bepaald op een innerlijke rust. Enkel Marco blijft kalm. Hij is met veel gezucht opgestaan en heeft zich op de stoel tegenover mij laten zakken.

'Laos komt zo,' zegt hij. 'We zullen even wachten, voor we beginnen te praten.'

Van Clothilde valt niets meer te bespeuren. Zodra ze me in de kamer heeft gelaten, is ze de trappen opgerend en in een van de slaapkamers verdwenen. De stilte wordt al helemaal ondraaglijk wanneer Gerald zacht begint te neuriën, niet beseffend dat de anderen mee kunnen luisteren naar zijn atonaal geneuzel. Zelfs op de verwijtende duwtjes die Ria hem voortdurend geeft, reageert hij enkel met een geïrriteerde grom. Hij wordt langzaam dronken, denk ik. Marco staart me de hele tijd strak aan, als een politiehond die een inbreker heeft betrapt en nu wacht tot zijn baasje komt, klaar om me bij de minste verkeerde beweging naar de strot te vliegen.

En dan komen ze binnen, de twee danseressen voor vannacht, de ene klein en blond, de andere rank en rood en bijna dubbel zo groot. Clothilde is gehuld in een licht kanten kleedje, waar overal gele en oranje blinkertjes zijn opgenaaid. Aan haar voeten zitten halfhoge blauwe laarsjes, dezelfde kleur waarmee nu ook haar ogen zijn bijgewerkt. Laos draagt een topje en daaronder een zwart rokje dat tot net onder haar blote dijen reikt. Ze schrikt niet dat ik hier ben, dat heeft die kleine hommel haar wellicht uitvoerig verteld. Ze hebben zich de hele tijd boven teruggetrokken, om samen een dansje in te studeren. Ria's gezicht klaart op wanneer ze het meisje ziet.

'Mijn feetje!' schatert ze. 'Mijn poppetje!'

Even krijgt Gerald het benauwd wanneer Laos een been in haar nek plooit en hij zijn dochters donkere slipje ziet verschijnen, maar dan verglijdt ook zijn aandacht naar Clothilde. Zij straalt van trots, want dit is precies wat zij verlangt. Ik voel me plots volmaakt ongewenst op deze plek.

Ik herinner me niet meer wanneer ik Laos voor het laatst heb zien dansen. Ik denk dat ik ermee ben opgehouden naar haar te kijken, toen de eerste tekenen van verval haar bewegingen begonnen aan te vreten. Ze is lang blijven dansen; ze hebben haar van het podium moeten sleuren, omdat het echt niet meer ging. Wat is er gruwelijker om te zien dan het aftakelen van een eens zo elegant lichaam? Dat is de aard van het leven zelf, zegt men. Dat is nu eenmaal het voortrollen van de tijd – het zal wel, al lijkt de tijd in dit geval een grote bocht ten goede te hebben gemaakt. Nu vlindert ze daar door de kamer, met de koperen lokken als een krans van licht erachteraan. Als een mens eenmaal een glimp van de schoonheid heeft gezien, wil hij niets anders meer, denk ik en kijk weg langs de muren omhoog en zie dat niet alleen de kapotte lampjes, maar ook de hele luchter is vervangen.

Het is een eenvoudig duet, opgebouwd uit voorzichtige balletpasjes met af en toe een discoheupzwaai of een salsapasje toe. Laos danst met Clothilde alsof het haar eigen kind is en dat is het ook in de ogen van alle aanwezigen in deze kamer, lijkt het. Buiten de mijne dan. Ik zou nooit kunnen geloven dat dit kakelende gansje door haar werd gebaard. Ria en Gerald gaan helemaal uit hun dak wanneer Laos het meisje hoog optilt en al huppelend op haar schouders duwt. Zo danst ze de finale, slaat de benen in schaarbewegingen snel heen en weer en laat haar armen als vleugels op en neer gaan. Clothilde barst van trots. En dan, als een laatste groet, spreidt Laos de benen, glijdt heel traag en zonder schokken open in een spagaat en buigt sierlijk voorover, tot ze met haar voorhoofd het tapijt kan raken en Clothilde zonder moeite de beentjes op de grond kan zetten. Ria springt van haar stoel en loopt naar het kind, tilt het op en knuffelt het alsof het nog een platte baby is. Gerald zit de hele tijd met het hoofd te schudden van 'tjongejonge, wat was dat prachtig' en zelfs brute Marco is een tikje aangedaan.

Alleen Laos zelf lijkt niet door de succesvolle vertoning te zijn beroerd. Zonder naar de complimentjes van de anderen te luisteren, stapt ze op me af, pakt mijn hand vast en sleurt me van de stoel. In de hal duwt ze me mijn jas in handen en grist zelf een oud vestje van Ria uit de vestiaire. Ze gebaart me te wachten, rent de trap op en komt enkele tellen later weer naar beneden, terwijl ze een afgedragen jeansbroek vastknoopt onder haar rokje.

'Kom,' zegt ze. 'We zijn hier weg.'

IK LOOP DOOR de stad met mijn oude lief en weet dat het goed is. Langs de cafés waar we samen dronken gaan we naar het kanaal, over het marktplein, voorbij de bibliotheek en het museum, de grauwe gevel van het conservatorium waar zij studeerde en ik werkte en vandaar steeds verder door steegjes en over boulevards tot aan het appartement waar wij ooit samen gelukkig waren. Daar blijven we even staan, kijken omhoog naar de ramen op twee hoog, waar onze gordijnen hingen en onze planten tegen het glas aan groeiden. Nu doen vanachter een doek van dun kantwerk de flitsen van een televisiescherm de kamer oplichten die niet meer de onze is.

Het is een koude nacht, maar de natte sneeuw heeft plaatsgemaakt voor een open hemel en de wind is enigszins gaan liggen. De hele tijd zitten Laos' vingers als een handschoen rond de mijne. Ik voel hoe de adertjes in haar vingertoppen kloppen van opwinding. Soms legt ze haar arm vol rond mijn middel en dringt haar geur in mijn kleren. Dan draai ik stiekem mijn hoofd en kijk naar die volmaakte hals, die gespannen boog tussen schouders en kin. Als ze lacht loopt er een zachte rilling van haar jukbeenderen over haar slokdarm tot onder haar blouse.

Ik weet dat ze me niet zal verhinderen haar te zoenen. Ik

weet dat, als ik voorzichtig genoeg ben, ze het als normaal, iets van vroeger, iets van ons beiden en dus gepast op dit moment, zal beschouwen wanneer ik mijn lippen tegen haar hals zal drukken en zo een warm spoor zal trekken tot hoog achter haar oren. Ik doe het niet, want dit is niet wat het is. Dit gebeurt in een andere tijd, op een andere plek. Of wel op deze plek, maar dan zoals die plek was in een andere tijd – anders dus. Ik zie straten met nieuwe huizen, nieuwe winkels en nieuwe lantaarnpalen. Of misschien zijn het wel dezelfde huizen, maar met andere affiches, reclameborden en planten voor het raam. Hier en daar liggen nog onbereden straatstenen of is een hele verlopen buurt omgebouwd tot een chique zakenwijk.

Langzaam vertragen onze passen, worden onze benen moe en onze hoofden zwaar van het dwalen. Wie ons naar deze plek heeft geleid, weet ik niet, maar daar doemt het park op en daar tussen laaghangende takken staat nog steeds het bankje waar we vaker zaten, het bankje uit mijn droom, die vreselijke droom die in niets lijkt op de rust van dit moment. Daar gaan we zitten, dicht tegen elkaar aangeslagen. Laos heeft het koud. Ik rits mijn jas los, haal één arm uit de mouw en leg die samen met de halve jas over haar schouders.

'Ik wilde je dood,' zegt Laos. 'Ik hoopte echt dat ik je omver zou rijden.'

Ik zwijg en span mijn arm nog wat vaster om haar middel.

'Had je één stap verder gezet, was je nu begraven.'

Ik zie het zo weer gebeuren. Soms zit er maar twintig centimeter tussen leven en dood.

'Het was een ongeluk, Laos.'

'Dat zeggen ze.'

'Had je me echt liever dood?'

'Het zou de dingen een stuk makkelijker maken.'

'Heb je er spijt van?'

'Wat denk je?'

'Nee.'

'Nee.'

'Je had het me kunnen vertellen.'

'Wat had ik je nog te zeggen?'

'Het spijt me echt voor Billy.'

'Wat een rotnaam.'

'Waarom had je me het niet gezegd?'

'Je bent gevlucht.'

'Ik haat je, Alas.'

'Sorry.'

'Ik haat je zo verschrikkelijk.'

'Waarom zitten we hier dan?'

'Omdat ik van je hou, sukkel.'

Daarop rukt Laos zich los en begint te rennen. Ik zou haar achterna kunnen gaan. Ik zou kunnen roepen dat ze bij me moet blijven, dat nog niet alles is gezegd. Dat nooit alles is gezegd en dat we daarom samen moeten blijven. Ik ben sterker geworden. Ik zou kunnen opspringen en heel erg mijn best doen om Laos weer in te halen. En als het zou lukken, zou ik mijn armen om haar lijf klemmen en het kunnen vragen: mag ik terugkomen, Laos? Mag ik je nog even graag zien?

Ik zou het allemaal kunnen, maar mijn lichaam lijkt wel aan de bank verkleefd. Hoe hard ik ook probeer, mijn benen zijn van lood en mijn armen zijn zelfs te zwak om mezelf te ondersteunen. Meer geluid dan wat dof gekreun, komt er niet van tussen de lippen en mijn hoofd krijg ik niet meer recht op de hals gezet.

Plots zie ik de donkerte van de nacht, voel ik de ijswind weer hard en ongenadig tegen mijn wangen slaan. Hoog daarboven onttrekken wolkenslierten de hemel gedurig aan mijn gezicht. Hier en daar strompelt een diep in de kraag gedoken voetganger of scheurt een taxi voorbij.

Ik blijf hier voor altijd liggen, denk ik en sluit de ogen zo stevig, dat ik ze nooit meer openkrijg. Hier, midden in de stad, bouw ik mijn eigen graf. Ik blijf hangen zoals ik hing en voel hoe de veelheid aan gedachten langzaam wegsijpelt uit mijn lijf. Nog even en ik heb niets meer te willen. Als je maar lang genoeg wacht, komt de verlossing vanzelf.

Een wagen slaakt een hoge pieptoon als hij tot stilstand komt voor de ingang van het park. Ik hoor zware voetstappen in het grind, gekuch, iemand komt mijn kant op. Even is het stil, dan herken ik Marco's stem.

'Je bevriest.'

Ik zwijg, want ik heb mijn laatste woorden al gezegd.

'Kom, ik breng je naar huis.'

Is hij echt zo ernstig, of hoor ik daar een tikje ironie?

'Laos vroeg me je naar je ouders te brengen.'

Nu schuif ik een ooglid open en kijk Marco aan. Hij is streng, maar zijn bezorgdheid lijkt me oprecht.

'Ze wist dat je hier ging liggen kwijnen. Ze kent je beter dan je denkt.'

Ik ga rechtop zitten en trek mijn knieën enkele keren hoog op tot mijn benen warm genoeg zijn om op te lopen. Marco geeft me een hand en helpt me omhoog. Hij is gewend om zieke mensen rechtop te krijgen. Ik laat me door hem leiden, ga schoorvoetend het park uit, leun zwaar door op zijn schouders. Hij opent het zijportier van de wagen en laat me instappen. Ik kijk hem even aan en begin dan heftig te hoesten.

'Bedankt,' zeg ik.

'Ik doe het niet voor jou.'

DIT IS MIJN kamer en dit is de nacht. Ik heb alle lichten gedoofd, de verwarming uitgezet en de ramen geopend. De stilte waait over de tuin het huis van mijn jeugd binnen en bijt zich vast op de muren. Het vriest daarbuiten en als ik lang genoeg wacht ook hierbinnen. Ik heb mezelf uitgekleed en lig languit op het bed te wachten tot de eerste ijsbloemen bloeien op mijn buik. Ik adem diep in en uit en blaas dikke wolken omhoog. In het witsel van de maan zie ik de silhouetten van de pinguïn en Mobes marmot op het nachtkastje. Mochten ze niet zo muf en dood zijn, zouden ze zich best in hun nopjes voelen in dit steeds noordelijker klimaat.

Ik zou kunnen bidden, maar ik doe het niet. Ik heb alles gezegd en niets is er veranderd. Op mijn huid zwellen de poriën en al mijn haartjes veren overeind. Ik krom mijn linkerhand over mijn geslacht en voel hoe het verschrompelt van de kilte. Ik lig stil en toch is mijn hele lichaam in beweging. Ik hoor de provinciebaan in de verte, het ruisen in de fruitbomen, het ritselen van de kevers ginds onder de composthoop, het strelen van de wind langs de boekenkast.

Ik weet nog een beetje liefde te liggen, denk ik. Ik heb nog een voorraadje achter de hand voor momenten als deze. Ik graai naar het draagbare telefoontoestel dat ik mee naar boven heb gesmokkeld en zoek in het lijstje gebelde nummers. Het is ijskoud. Lang zal het niet meer duren voor het roze van de ochtend zich door het donker spint.

Ik hoor hoe de telefoon overgaat, ik wacht tien tellen. Aan de andere kant van de lijn klinkt geblaf. Dan hoor ik een vermoeide vrouwenstem.

Ik houd mijn adem in.